COLLECTION FOLIO

Jean-Jacques Bernard

Petit éloge du cinéma d'aujourd'hui

Gallimard

Jean-Jacques Bernard est journaliste et réalisateur. Il a créé jadis l'émission *Histoires courtes* (France 2), a été longtemps éditorialiste au magazine *Première* et chroniqueur à France Inter. Il anime aujourd'hui la chaîne Ciné+Classic (groupe Canal+) et réalise de nombreux documentaires sur le cinéma. Depuis 2008, Jean-Jacques Bernard est également président du Syndicat français de la critique de cinéma et de télévision.

Dernier avertissement avant éloge…

Commençons par dire que le cinéma est mort, ça mettra à l'aise. Tous ceux qui pleurent son glorieux passé pourront gémir tranquilles. Le cinéma tel qu'il fut, unique foyer d'images dans la ville, où l'on allait presque coupable et qui nous transfigurait, le cinéma substance fossile, dont les lumières et les ombres étaient gravées une bonne fois dans la pellicule, est en effet défunt. Dévoré par quelque chose qui lui ressemble, nommé du même nom et qui nous suit partout. Disons-le : il est plus facile aujourd'hui de voir un western dans un avion, un polar dans une yourte ou un space opera en salle de gym que de commander une pizza. Sans être snob, l'éloge du cinéma est moins gratifiant depuis que tous les films sont disponibles. Le théâtre nô ou le jeu de quilles donnent plus de prestige à leurs zélateurs. Heureusement, le cinéma n'est pas avare de ses propres louanges. Ses héros se comptent par milliers, ses spectateurs par milliards, et notre planète pourrait bien manquer d'eau avant de manquer de films.

Un étonnant paradoxe veut pourtant que cet immense accès aux œuvres ne profite qu'à peu d'entre elles. Jamais l'offre ne fut si profuse, ni les convergences si grandes sur quelques succès. En clair, tout le monde veut voir la même chose quand la notoriété devient seul critère de reconnaissance. Alors le salut est-il dans la minorité, la sagesse dans l'oubli et, plutôt qu'un « Petit éloge du cinéma », est-ce un « Éloge du petit cinéma » qu'il faut faire ? Pas sûr. Petit et grand écran sont devenus si proches que tous les films glissent de l'un à l'autre sous le doigt, comme une « application » docile. Naguère, on était content de dire : « Ce film, je l'ai vu » et on se souvenait toute sa vie de l'icône. Puis on a dit : « Ce film, je l'ai », avant de ranger la cassette sur une étagère. Aujourd'hui, face aux multiples serveurs, c'est plutôt : « Sur quel titre vais-je cliquer ce soir ? » Cette angoisse devant l'embarras du choix concerne tout le monde. Le marché adore répandre l'idée que le nouveau film est mieux que tous les autres. Le critique adore laisser croire qu'il a un trébuchet spécial à soupeser les talents. Et le public jouit d'un droit tout neuf à commander aux arts. Quand tous les écrans sont des services, seuls les films nous renvoient à un discernement personnel qui se construit pas à pas. Ça tombe bien, le cinéma est en forme de valise. Mais, où qu'on aille sur son chemin de Damas, nul n'y arrive jamais. Car seul le parcours compte.

Aussi, dégonflons la baudruche. Je, tu, il, nous… aimons le cinéma, d'abord en aveugles, si l'on peut dire : sidérés, transis, à tâtons. Puis des impulsions soudaines, des publicités volubiles, de doctes références dictent nos pas. Dans l'énorme charroi des œuvres de partout, chacun construit sa propre dilection avec ses totems et ses tabous, ses acquis et ses manques. C'est pourquoi il importe ici de repérer des comportements plutôt que des films. Et de conter quelques histoires où demeure l'utopie cinéphile.

Si la molécule de cuivre est la même sur Mars ou sur la Terre, la molécule de cinéma est identique d'une mémoire à l'autre. Vers l'immense cerveau planétaire en constitution, le cinéma apporte ses grains de lumière et ses heures de veille, ses baisers mythiques et ses péplums en carton. Autrefois, chaque film nous constituait de façon intime. Désormais, il participe de la superconnexion neuronale qui n'oublie rien et s'alimente au « grand tout » numérisé. Notre impatience à zapper est tout entière au service des serveurs. Mais, au fond, le pixel n'a rien changé à nos affects. Avant le cinéma, jamais un art n'avait offert un sentiment de réalité si immédiat, une empathie si transmissible, une part de légende si ouverte. Et tout cela reste en lui, comme un trésor. Puisse ce *Petit éloge* en redessiner la carte. Numérique, certes, mais carte au trésor quand même.

***Je**... le vois en forme de valise*

J'écris en amateur sur un peu tout. Mon métier est plutôt de lire. Mais tant de choses changent. Ainsi, l'année de mes vingt ans, en 1970, quand Lyon était encore tout gris et replié, très peu de gens parlaient des frères Lumière. Aujourd'hui que la ville a pris des couleurs, un quartier entier leur est dévolu avec un musée et un institut. On y organise des pèlerinages, des remises de médailles. Des cinéastes de partout viennent apposer leur nom rue du Premier-Film, un peu comme on visite la grotte primitive. Plus le temps passe, plus l'invention des Lumière paraît, tout à la fois, antédiluvienne, incongrue et géniale. Que le « Cinématographe Lumière » soit le croisement de la photo et de la machine à coudre, ou que les « autochromes Lumière » doivent tout à la fécule de pomme de terre, moi je trouve ça beau comme un zeugme de Pierre Desproges : « Elle baissa sa culotte et dans mon estime. » Le genre de précipité qui embellit la vie.

Cela tient peut-être au fait que je suis fils unique. Mais longtemps j'ai cru que les deux frères se stimulaient, comme deux silex produisent des étincelles. Or Auguste, l'aîné, a toujours précisé que Louis, son cadet de deux ans, avait eu l'intuition tout seul, en une nuit, de « griffes s'enfonçant dans des perforations sur les bords de la pellicule ». Nul ne saura jamais la part de fantasme dans l'esprit scientifique. Ni en quoi ces « griffes s'enfonçant » révélaient chez Louis d'autres tourments que mécaniques. Toujours est-il que lui seul transforma cette vision en un dispositif. C'est là toute la différence entre un industriel et un bibliothécaire municipal. Ma vie à moi consiste à référencer toutes sortes d'ouvrages sur les Mossi de Haute-Volta ou la relecture de Tacite, la cuisine des viandes fibreuses ou la mélancolie des apathiques. Il y a là assez peu d'invention. Pourtant, je reviens si régulièrement vers les livrets descriptifs du premier cinéma, à la bibliothèque, que j'y vois la prémisse d'une véritable obsession. Partagée, cela dit. Car de vieux collectionneurs viennent souvent me rendre visite, j'y reviendrai.

Si, par brevets successifs, beaucoup d'autres inventions ont concouru à l'épiphanie du cinéma, c'est bien à celle des Lumière que je me sens le plus redevable. Cela tient, je crois, à la compacité de la chose, à son côté coffret aux merveilles. Le principe de l'objet est demeuré intact comme à son premier jour. Soit une boîte fermée et donc obscure à l'intérieur. Un rai intermittent de lumière, scandé par un obturateur circulaire, dépose quinze images par seconde sur de la pellicule entraînée à la manivelle. L'objectif de la caméra donne la netteté, de un mètre à l'infini. Et la rémanence de chaque image restitue, à jamais, tous les mouvements du monde. Des mouvements que, très vite, les Lumière se sont empressés d'aller chercher partout, les plus variés possible. C'est bien là où je veux en venir : le cinéma est né mobile et transportable, comme une valise. Mieux : il en est une lui-même. Une valise qui peut conserver les images de tous les voyages accomplis.

Dès 1895, le succès est foudroyant. Deux cents unités de Cinématographe sont fabriquées sur-le-champ. De jeunes opérateurs sont envoyés partout. Un Alexandre Promio de vingt-six ans s'en va filmer rois et reines en Espagne, Angleterre, Belgique et Suède. En moins d'un an, il tourne, développe et montre du Cinématographe à Constantinople, Smyrne, Jaffa ou Jérusalem, avec un succès croissant. Un jour qu'il voit glisser les rives du canal de Venise depuis son bateau, il improvise un tout premier panoramique. Maintes fois, partout, il doit faire tourner sa caméra à vide, pour contenter les foules impatientes de se voir sur l'écran. Car l'appareil Lumière permet tout à la fois de filmer, de développer et de projeter les images tournées juste avant.

À New York, un dimanche de janvier 1897, un Félix Mesguich, autre opérateur Lumière de vingt-cinq ans, est conduit au poste de police avec sa caméra pour avoir créé un attroupement dans Central Park en filmant une bataille de boules de neige. C'est la première limite à l'enthousiasme des pionniers. Vite concurrencés par les Américains avec leurs Biograph, Bioscope ou Kinetograph. Mais, au-delà des bagarres industrielles qui vont suivre, l'engouement pour le cinéma ne met pas plus de deux ans à se répandre dans le monde. Rarement bagage accompagné aura connu un tel destin de malle au trésor.

Je parle comme un expert, mais je puise tout dans les livres de la bibliothèque. Très peu voyageur moi-même, je tiens les valises pour des nids à poussière. La mienne, par exemple, un vieux modèle en toile à carreaux, ne m'est utile qu'au mois d'août, pour aller chez ma tante à Digoin (Saône-et-Loire). Tout le reste de l'année, l'objet attend au-dessus d'une armoire. À force de considérer son inertie affligeante, je me suis pris un jour à la rêver en boîte à images. Certes, « L'arrivée du train en gare de Digoin » filmée par une valise à carreaux fut un projet de *remake* assez velléitaire. J'en ai eu la vision sur le quai, à l'approche du TER, quand, rentrant de trois semaines chez ma tante, je pensais à nos retrouvailles de la rentrée avec mes vieux collectionneurs de la bibliothèque.

Lorsqu'ils arrivent la première fois, ils ont déjà fait la totalité des marchés aux puces de la région, des vide-greniers, des foires à la brocante. Et passé des dizaines d'annonces dans les journaux, avant de s'échanger ou de se vendre, les uns aux autres finalement, les innombrables fourbis du cinéma antique. Pour en trouver de nouveaux, ils viennent consulter nos vieux catalogues. Et noter des références. Et photocopier des modèles. Et scruter, parfois à la loupe, la marque d'une courroie, la focale d'un objectif. Ce sont le plus souvent des hommes, du genre retraités timides et méticuleux, pour ne pas dire maniaques, mais toujours très aimables.

Je dois préciser ici que mon père, pour mes dix ans, m'avait acheté un petit projecteur Nic, l'un des plus rudimentaires, puisque fait de carton et de fer-blanc. Il ne projetait même pas des films, mais des bandes dessinées sur papier transparent. L'étrange faculté de ces dessins, inertes au départ, à s'animer dès qu'on tournait le petit entraînement relevait pour moi d'une sorcellerie totale. J'empoignais alors mon Nic et, à tous les étages de notre immeuble de la Croix-Rousse, j'allais montrer la merveille aux gamins de mon âge. L'un d'eux, un jour, s'est pesamment assis sur l'appareil. Ce qui a ruiné pour toujours mes velléités de montreur d'images. Au moins en avais-je connu le premier frisson. Quand je raconte la chose à mes vieux visiteurs de la section Ouvrages techniques, je perçois dans leurs yeux une tendre compassion.

Certes, depuis les Lumière, les caméras ont acquis des fonctions très spécifiques, dans une infinité de dispositifs plus astucieux les uns que les autres. Mais toutes conservent un point commun, essentiel, avec les valises : elles ont une poignée. Des centaines de modèles en attestent, de toutes provenances, de tous volumes. Poignées en cuir sur le haut du corps, poignées de bakélite sur le bas de l'appareil, poignées de côté à l'opposé du viseur, doubles poignées en guidon à réglage incorporé : tous les systèmes de portage ont été conçus pour que l'œil et la main aillent de pair. Des plus compactes et cubiques aux plus hétéroclites et hérissées de leviers, les caméras ne sont jamais que des boîtes à contenir des images. On les transporte avec soi, souvent calfeutrées dans d'autres boîtes. Même les très grosses caméras de studio ont dû, un moment, être logées dans des contenants sûrs et commodes pour les voyages.

L'autre jour, on tournait une série télé sous les fenêtres de la bibliothèque. Je me suis amusé à dénombrer les caisses que le barnum employait. Je suis même descendu, pour en voir une de près. Fait d'un aluminium robuste, renforcé à chaque coin, l'objet était ouvert sur un moulage de mousse noire, aux dimensions exactes de l'appareil qu'il devait protéger. Nul cercueil humain, me dis-je alors, n'a jamais été mieux tapissé. Au point que je me pris à envisager mon dernier jour : transporté, bien inerte et calé, dans une caisse de cinéma pareillement confortable. De l'employé du tournage qui me guettait, j'obtins cette confidence : à plein, le camion contenait trente-deux caisses de même nature et de tailles différentes. Le métier de l'homme était d'acheminer ce matériel sans encombre, « d'un lieu à l'autre des prises de vues », précisa-t-il, tout à la fierté de sa charge. Car oui. Même une série télé de troisième zone obéit aux obligations centenaires du cinéma : il s'agit de « prendre des vues » ici, pour les montrer là. Certes, les prendre ne suffit pas, direz-vous. Tout l'art du cinéma reste centré sur la façon de transformer des vues multiples en un « point de vue » singulier. Mais les contenir d'abord et les porter ensuite reste indispensable.

Pour un sédentaire comme moi (trente ans de carrière en bibliothèque), les multiples déplacements que le cinéma réclame sont proprement fascinants. Certains de ces transports sont limités, voire confinant au surplace. Comme ceux de Georges Méliès, par exemple, qui, dès 1896, tourne quelque six cents films dans son « atelier de pose », à Montreuil-sous-Bois : dix-sept mètres de long, six mètres de haut, six mètres de large. Il y a inventé tous les trucages, sous la caméra. Chez lui, point d'opérateurs au lointain, mais ses rêves immobiles nous ont menés en *Voyage dans la Lune* (1902) ou *À la conquête du Pôle* (1912). Et pas question d'opposer Méliès à Lumière comme on le fait trop souvent. L'univers des images qui bougent n'a jamais été coupé en deux. Aussitôt cadrés, un être, un objet, une bête prennent leur place dans le récit du monde. Ainsi, il y a autant de réel dans les films de Méliès que de rêve dans ceux des Lumière. Pourtant, on n'a toujours pas vu, à Montreuil ou ailleurs, d'Institut Georges Méliès. L'apport de l'illusionniste fut si grand qu'aucun socle ne semble utile à sa statue. Peut-être d'ailleurs est-elle plus belle à n'exister que dans le vent des chimères. En tout cas, après vingt-cinq ans de prestidigitation au théâtre Robert-Houdin, j'observe que les doubles-fonds n'avaient pas de secret pour lui. Apparitions, disparitions et tous les trucs qui vont avec : du contenant au contenu, son cinéma en « Malle des Indes » et en « Coffre à Couper une Femme en Deux » fut une constante réinvention — poétique — de la valise. Et son atelier sous verrière où, le premier, il utilisa la lumière artificielle, que fut-il donc, sinon une grande boîte, d'où tout pouvait sortir, pour « délivrer les fées » ?

Depuis la première « croix de Malte » de Charles Pathé jusqu'à la super Panavision Red Digital d'aujourd'hui, je ne vais pas vous fourguer ici toute l'histoire des caméras. En forme de boîte à outils, de bible reliée ou de caisse à savon, elles ont toutes bourlingué un temps, puis ont passé la main. C'est leur destin, comme celui des valises : saisies par la passion, portées par l'aventure, puis oubliées dans les maisons. Elles ne sont ou ne seront plus bonnes un jour qu'à émouvoir les vieux petits garçons qui viennent me visiter à la bibliothèque. Ils restent assis pendant des heures, murmurant seuls des mots inaudibles en consultant de vieilles brochures, des modes d'emploi abscons. Leur voyage, à eux aussi, est immobile. Mais infiniment plus vaste, au fond, que celui des matériels qu'ils convoitent. Ils se font tout un cinéma des appareils de cinéma. Et la totalité des films tournés dans le monde est à eux, augmentée de tous ceux qui ne l'ont pas encore été. Il leur suffit de se mouiller le doigt et de dérouler des pages. L'un d'eux vient chaque vendredi. Vêtu de clair, les cheveux blancs ondulés de bleu, le genre précieux à « poignet mou », comme disent les Anglais. Un jour, je lui avais sorti de vieux numéros de la revue *L'Image*. Aux anges, le type insista pour m'inviter en face à manger des huîtres. Là, il entreprit de me raconter les premiers films. Et comment les montreurs forains les voulaient très courts car ils coûtaient 2 francs le mètre. Et pourquoi ils multipliaient les séances longues de quelques minutes à l'époque. Et combien on tirait de copies alors, jusqu'à mille cinq cents quand un film marchait bien. Au passage, je découvrais qu'il fallait quantité de valises, en cuir ou en carton bouilli, pour contenir et expédier partout ces petites bandes de vingt mètres. Des histoires de chien fumeur de pipe ou de dentiste qui arrache la tête en tirant sur une molaire. Racontant cela, le vieux dandy gloussait de rire, à en inonder son polo rose de toute l'eau de ses huîtres. Je suis remonté vers mes bouquins avec une heure de retard. Ma thèse était renforcée : de la caméra au film en salle, le cinéma a toujours eu une valise pour emblème. Ainsi des images mouvantes ont-elles gagné le moyen de voyager partout, comme jamais auparavant depuis la création du monde.

Je passe mon temps de célibataire à compulser des recueils ou à écrire des babioles comme celle-ci. Et je vais au cinéma une fois par semaine, au Comœdia de l'avenue Berthelot. Mon caractère rangé me porte surtout vers des films exotiques. Telle fable bantoue en dessin animé, telle comédie sikh du Pendjab, tel polar esquimau parmi les phoques me comblent bien davantage que de vrais périples en ces contrées où je n'irai jamais. Avec, chaque fois, le sentiment d'avoir reçu du bout du monde une valise que je dois consigner. Au sortir de la salle, je file rédiger une fiche, aussitôt classée dans l'annexe « Iconos, films, documents » de notre grand répertoire. Le mardi soir, devant le Comœdia, je croise le livreur qui sort les nouveaux films de son camion. Toujours pressé, il les pousse à toute allure sur son diable. J'essaie bien de déchiffrer les titres au passage. Mais ils sont écrits en abrégé, au marqueur, sur de grosses boîtes carrées ceinturées de lanières. Il y a là une urgence de l'expédition que j'adore et qui vaut pour toute la planète : le souvenir, intact depuis son origine, d'un cinéma voyageur au destin de valise.

Il paraît que ce grand charroi est fini, à cause du numérique. Bientôt, il n'y aura plus ni boîtes ni bobines acheminées vers les cinémas. Tout sera sur disque ou envoyé par satellite et contrôlé à distance. C'est « la Joufflue » qui m'a balancé ça l'autre jour, assez pète-sec (notre nouvelle responsable ressemble à Alfred Hitchcock en plus maigre, sauf les joues). J'ai préféré ne pas répondre. J'ai beau approcher de la retraite, je pratique assez l'ordinateur à la bibliothèque pour savoir qu'un fichier numérique n'est rien d'autre qu'une valise. Un simple contenant, déplaçable à volonté, selon son poids informatique. On parle tant de « dématérialisation des supports » aujourd'hui qu'on finit par voir le monde entier comme une flaque informe et en vrac. C'est une frayeur inutile. Car le cinéma résiste plutôt bien au marigot du « tout communicant ». Il est même, avec les livres et les œuvres d'art en général, un des éléments structurants du monde. Depuis son origine, le cinéma participe d'une intimité profonde entre contenants et contenus. Né dans une boîte, il reste boîte lui-même. Et tout son attrait demeure dans ces unités dramatiques et singulières, compactes et transportables, qu'on appelle les *films*. Il suffit d'ouvrir le paquetage et les voilà tous. Tous les films de partout qui passent, à la queue leu leu, sur les vastes serveurs. On dirait le tapis roulant des bagages, dans les aéroports : une multitude de destins, en croûte de vache, en peau de lézard ou en plastique moulé. Mais où chacun, finalement, retrouve ses affaires à la fin du voyage. Et il n'y a pas de raison que ça change : il en va ainsi depuis la caméra des Lumière, dans le grand carrousel du cinéma en forme de valise.

Sur cette conclusion lyrique, je dois préciser que, de toute ma vie, je ne suis allé qu'une fois dans un aéroport. C'était à Lyon-Saint-Exupéry, pour y chercher ma tante qui rentrait de Lourdes. Ce jour-là, j'ai bien observé le tapis roulant des bagages. Au-dessus, il y avait de nombreuses caméras de surveillance. Cette proximité valises/caméras m'a troublé. Car le lieu m'offrait tout à la fois cette plaisante métaphore des films qui passent comme des valises. Et son exact opposé. Le flux continu, mondial et numérisé de la surveillance, sa froideur anonyme qui s'étend sur le monde entier, c'est l'exact contraire d'un cinéma sans contrainte, varié et qui signe ce qu'il fait. Or c'est bien tout autant l'invention des Lumière qui en est la base. La caméra-valise, pourvoyeuse de voyages et de libertés, se voit ainsi retournée contre elle-même, pour surveiller les voyageurs depuis des unités centralisées. Sur ce dernier aspect, mieux vaut donc ajouter un bémol léger à l'optimisme de ces pages.

De l'emmerdement comme un des beaux-arts

Parfois, l'allée est bien longue avant d'arriver au château. Jadis, les images étant plus rares, on admettait la langueur des romances, l'onctuosité des paysages, la surabondance des dialogues. On n'avait guère le choix. Alors, sans même le savoir, on prenait son mal en patience. Aujourd'hui, chacun peut zapper si vite, depuis son canapé, que notre tolérance est partout devenue moindre, y compris dans la salle. Le cinéma le sait fort bien, car c'est son métier de le savoir. C'est même le pari de toute mise en scène que de « tromper une attente ». Il arrive pourtant que l'attente se trompe un peu elle-même.

Le film n'en finit pas de commencer ou est déjà fini dès son préambule. Tout est mâché, prévisible, englué de clichés sans surprise. Ou alors, à l'inverse, tout est tellement rugueux, âpre et embrouillé que vous avez vite renoncé à comprendre. Dans un cas comme dans l'autre, votre démission est proportionnelle. Mais au moins, là, c'est clair : votre menton s'affaisse dans un sommeil salutaire. Attention, toutefois. Dormir au cinéma n'a pas forcément à voir avec la qualité du film ou sa modernité. C'est parfois une question de circonstances. Fatigue de la journée, cassoulet à digérer, hypnose passagère : le plus vigilant guetteur peut se laisser corrompre. C'est aussi un choix commode. Au prix des hôtels urbains, deux heures de repos en centre-ville pour un ticket de cinéma, c'est un luxe abordable. Bref, vous avez pioncé comme un loir... Vous sortez alors de la salle d'autant plus raide et digne que votre voisin, maintes fois, vous a prié de ronfler moins fort.

Le pire, c'est quand vous ne pouvez pas dormir. Et que le film, pourtant vanté par la critique, déroule son affaire sans vous toucher jamais. Aucun soupir, aucun appui fessier, aucun geste d'appel vers le voisin hypnotisé ne parvient à adoucir votre calvaire. Le film a commencé il y a déjà plus d'une heure. Une paysanne maigre s'assoit sur sa brouette. Elle mord dans une pomme et fait le point sur sa vie. La caméra, elle, fait le point sur un saule en arrière-fond. Tout le temps du lent travelling circulaire autour d'elle, la paysanne reste floue. Le saule, lui, très pleureur, reste net. Le bourdonnement d'une guêpe vous fait espérer un incident, qui n'arrive pas. Quand la femme revient à son tour au net, sa pomme n'est entamée que d'un tiers. Et le plan se poursuit sans plus de variété. La femme regarde au loin une charrette qui arrive. Trois quarts dos derrière elle, on la voit qui la suit des yeux. Quand la charrette a fini de passer, la pomme de la femme est toujours en suspens. La caméra n'a toujours pas été coupée. Elle entame alors un demi-cercle, en sens inverse autour de la brouette. Le plan-séquence est un art sinueux et apnéique, un serpent à l'affût sans le moindre cillement, une coulée de temps qui aspire à l'infini. Jadis limité par la longueur de pellicule dans la caméra, il n'a plus d'entrave aujourd'hui avec le numérique. Et les compensations hydrauliques du steadicam l'encouragent à se faufiler partout. Ainsi le plan-séquence est-il devenu un brevet de modernité qui invite à la compétition. Au bout de son très lent parcours entre la brouette, le saule et la charrette, la caméra s'arrête enfin sur la femme. Une voix retentit alors, en off, dans un patois bulgare. La femme ne bouge pas. C'est son mari barbu qu'on aperçoit maintenant, en flou à côté du saule. Il parle un long moment. Mais le sous-titre se contente de traduire : « Matyas est à l'école ? »

Beaucoup plus rongé que la pomme, votre poing est alors en sang. Rien, strictement rien ne s'est passé jusque-là. En sortant, c'est sûr, votre délivrance viendra. D'inspiration fécale, probablement : « nul à chier », « sinistre bouse », « une purge à déféquer partout ». Mais là, il faut endurer. La deuxième heure du film ne révèle rien d'autre qu'un quotidien agraire. Hormis ce plan, très bref, où la paysanne cache un couteau dans un tas de fumier. Votre lettre d'injure à *Télérama* est déjà entièrement bouclée dans votre tête. Les quinze minutes ultimes de cet « insupportable pensum » vous font pourtant déduire que, si le petit Matyas n'est toujours pas rentré, c'est peut-être bien que sa propre mère, avec le couteau, aurait pu le... La lenteur du plan-séquence à la pomme n'était-elle pas précisément destinée à recouvrir un drame horrible d'un manteau anodin ? Un drame par défaut, en quelque sorte.

C'est que l'art et essai moderne aime à déplacer ses événements vers le hors-champ, vers l'absence de conclusion et le point d'orgue *ad libitum*. Bannissant tout spectaculaire, il mise sur un autre film, mental celui-là et rétrospectif, dont vous devenez le seul responsable. Quelle buse étiez-vous donc de n'avoir rien pressenti !... Naturellement, dans le dernier acte, le film ne dévoile pas grand-chose de ce qu'il a suggéré. Nulle raison, nulle contrition, nulle certitude même : un quotidien étal sur un crime non montré. Vous saisissez alors toute l'audace que la critique soulignait sans préciser l'intrigue, et pour cause... Cela retourne votre vision d'un coup. Avec, très enfouie, une culpabilité diaphane de n'avoir rien saisi à temps. Non seulement deux heures et vingt minutes d'un ennui mordant se trouvent ainsi évaporées, mais les voilà justifiées, en quelque sorte, grandies par ce doute insidieux et poignant qui relève de la condition universelle. Plus tard, un « ça se mérite, mais c'est génial », ou bien un « c'est génial, mais ça se mérite », vers les moins cinéphiles, seront vos deux axes de jugement sur ce film que vous prétendrez avoir découvert « un peu au pif, pour être franc ».

C'était la tendance *a minima* du cinéma d'aujourd'hui. L'autre tendance est *a maxima*. À l'opposé du vide, un ennui profond peut aussi venir d'un trop-plein. La salle bien plus grande, l'odeur tenace de pop-corn, un public jeune qui tripote son portable pendant toutes les bandes-annonces, vous ont fait redouter le lieu dès la première image. Le barouf du générique vous a déjà anéanti. Le film commence par une poursuite à Los Angeles sur un échangeur urbain. Neuf policiers périssent dans une première salve. La collision de deux semi-remorques précipite l'incendie d'un troisième, aussitôt retourné, roues au ciel, en bascule au-dessus d'un viaduc. Le conducteur du cabriolet qui a tiré sur les flics est mort au volant. Une bouillie remplace sa tête. La fille à ses côtés, éjectée par miracle, est parvenue à s'accrocher au rétroviseur du camion, au-dessus du vide. Et vous n'êtes qu'à la cinquième minute du film. L'invraisemblance est totale, la boursouflure avérée. Vous ricanez de la facilité… Donc, la fille pendouille à son rétroviseur. Si elle lâche, elle s'abîme sur le béton quarante mètres plus bas. C'est là que votre exaspération enfle. Car la pauvresse, gigotant dans le vide, est filmée depuis le ciel. De quel regard suspendu dans l'espace est-ce donc la vision ? Si un hélico a été nécessaire pour façonner ce point de vue aberrant, que n'a-t-il donc secouru la petite ? Impossible, bien sûr : l'hélico n'est pas censé être là. Mais il était là quand même, pour filmer le spectaculaire.

Cette schizophrénie du regard vous insupporte.

C'est que la caméra, aujourd'hui, peut très bien se dissocier de toute loi physique, de tout recours moral, de toute nécessité narrative, pour le seul bénéfice d'une sensation. À la fois œil de Caïn et aile de l'ange, elle ose toutes les voltes comme la publicité qui fait quatorze fois le tour d'une cafetière pour montrer une cafetière. Le seul vertige de voir devient une attraction en soi. Votre théorie ayant bien crevé la baudruche, vous regardez la suite d'un œil torve. Et vous restez de marbre quand le héros en tee-shirt écrase à mort le frein de son 4 × 4, bondit vers le camion, rampe jusqu'à la fille, lui saisit un bras et la remonte d'une seule main. Mais voici que leur poids fait riper le semi-remorque, qui verse dans le vide. La caméra frénétique additionne les ralentis, les multiples angles et les *jump cut* de montage autour de cette double action : le couple qui échappe à la mort tandis que le camion choit vers le précipice. Vous soupirez devant le ridicule. Et votre ennui sarcastique va croissant, tandis que le film accumule les envols à la grue, les inserts épileptiques et les bastons sonores. Vos lèvres prononcent déjà un « emmerdement majuscule devant cette daube du *mainstream* ». Vous tenez la formule bien au chaud contre tout admirateur. Et pourtant... vingt minutes avant la fin du film, un observateur attentif pourrait distinguer ce léger battement du pied qui vous prend malgré vous dans la scène du night-club. Le héros a enfin retrouvé la fille. Elle danse sur la piste. La musique en *surround* percute des infrabasses qui font trembler le sol. Votre pied bat la mesure de plus en plus fort, pendant tout l'affrontement armé contre les mafieux russes qui ont prostitué la petite. L'instant est déployé au maximum. Les balles sont des obus qui foncent au ralenti. Des corps plongent, volent et se distordent dans un chaos général. La fille tend la main vers un type en tee-shirt, le héros bien sûr. Mais un premier impact lui déchiquette l'épaule. D'un coup, toute ironie en vous se voit anéantie. À cette seconde, vous voulez de la revanche, du fracas, de la mort. L'opéra serait injuste sans une liquidation totale. Elle a lieu sous vos yeux et vous êtes dedans. Exalté par l'angoisse, vous seriez debout si une main derrière vous ne vous renfonçait dans votre siège. Mais c'est la dernière scène. La fille s'en va vers la rue, en soutenant comme elle peut son sauveur perclus de balles. Votre enthousiasme est à son comble, bien plus juvénile que celui des mangeurs de pop-corn à côté. Au générique de fin, galvanisé, vous vous retournez vers cette main qui, tout à l'heure, s'est permis de vous rasseoir. Un géant noir en survêtement de basketteur vous regarde, impavide. Vous quittez la salle la tête basse et en nage.

« Plaire à tout le monde n'est pas si facile », vous insurgez-vous, le lendemain, quand des collègues moquent le film. À l'un d'eux qui se souvient combien toute inflation visuelle vous insupporte en général, vous lancez un péremptoire « le cinéma a tous les droits, sauf celui d'ennuyer ». Et vous ne démordez plus de cet axiome qui vous rend si joliment vainqueur de tout : des mafieux, des semi-remorques et des basketteurs… En résumé, dans le cinéma d'aujourd'hui, un ennui momentané ne détermine en rien votre jugement final. S'il n'y a que les imbéciles pour ne pas changer d'avis, le cinéma vous en offre l'occasion permanente par un de ses plus beaux paradoxes : ce qui vous mortifie un temps peut vous ravir soudain. Cela ne s'explique pas et tient de l'immanence. Si un bien mal acquis ne profite jamais, l'emmerdement n'est jamais acquis face à l'écran. Et il profite toujours.

***Tu**... es devenu complice*

Tu avais peu de contacts avec le cinéma quand tu étais enfant. Quelques westerns emplumés, la mer qui s'ouvre dans *Les dix commandements*, ton père qui pleure devant *La vache et le prisonnier.* Ce dimanche de 1964, tu as treize ans. Tu es venu voir *La tulipe noire* qui vient de sortir à L'Éden de ta ville. Devant l'écran, le rideau peint est couvert de publicités locales. Tu joues au pendu avec ton pote Jipé : « é... n, en onze lettres ». Il trouve tout de suite « électricien », dans la phrase « Prost électricien, toutes installations ». Ça y est. Le rideau se lève avec des couinements de souris. Dans le noir, Jipé te serre un bon coup le genou pour dire que ça commence. Pendant deux heures, Alain Delon s'escrime en cinémascope : justicier intrépide en chemise blanche sur ciel bleu. Au sortir de la salle, tu dis juste à Jipé : « ch'ment bien ! » et tu files, sans te livrer davantage. Mais ton biclou dans le soir fonce plus vite que le destrier de Saint-Preux.

En 1966, tu as des boutons partout. Ce soir-là, Jipé arrive à L'Éden avec une brune à serre-tête. Elle lui paie sa place et te propose de payer la tienne. Tu dis un « non, merci » outragé. On ne t'achète pas comme ça. Dans la pénombre de l'entracte, la brune et Jipé se roulent des pelles suffocantes. Ils s'arrêtent quand le film commence et ne se toucheront plus. Il faut dire que Delon, dans *Le samouraï* cette fois, est d'un magnétisme total. D'emblée, sa silhouette en chapeau impose une loi hors la loi. À la sortie, d'ailleurs, tu restes de marbre quand Jipé et la brune guettent ton regard. Mais tu les plantes là sans un mot : samouraï de Bourg-en-Bresse, tueur à gages des baisers de l'entracte.

Quand tu reviens un peu plus tard chercher ton vélo devant L'Éden, tu remarques un nom sur l'affiche du *Samouraï* : Henri Decae. Tu files alors vers ta chambre, fouiller dans les fiches bristol que tu remplis à la main chaque semaine. Où il se vérifie que Decae était bien déjà l'opérateur de *La tulipe noire*. Deux styles pour deux cinéastes aux antipodes. Existait-il alors une admiration secrète de Melville pour Christian-Jaque ? Ou bien Delon avait-il imposé Decae par contrat ? Ce genre de questions va désormais joncher ton existence : supputations aussi pressantes que vaines. Mais tellement commodes pour ne pas endurer la vraie vie.

Entre tes partiels de droit, les salles art et essai de Lyon sont pour toi autant de refuges. Le Duo, la Fourmi, le CNP Villeurbanne : tes « temples païens », dis-tu pour défier autant tes amis communistes que ton passé d'enfant de chœur. Tu y vois le plus de films possible au quatrième rang côté droit. « Ma façon d'angler le point de vue », précises-tu, l'air grave, aux rares lunetteux qui t'accompagnent. En vérité, la présence de quiconque à tes côtés t'insupporte. Aucun impie ne saurait distraire la transmutation, l'éblouissement, l'osmose qui se jouent entre l'écran et toi. Quelque chose qui te laisse inerte deux heures durant, les yeux levés vers ces lumières mouvantes qui courent sur ton visage. Ta seule réaction visible aux émotions est une manière de langage dont nul n'a jamais pu décrypter le code : ton index, plus ou moins courbe ou droit, qui fourrage à fond chaque narine de ton nez.

Sitôt après la projection, tu files vers tes fiches. Cette cathédrale de papier dont, chaque jour, tu dois rebâtir la nef. Ce ne sont plus des fiches, d'ailleurs, mais des dizaines de classeurs. Par genre, par époque, par auteur. Et te voici qui rédiges une nouvelle hypothèse, flanquée par terre dès la prochaine livraison de ta revue favorite. Au fond, tu déplaces sans cesse tes lacunes. Car rien n'est jamais acquis dans cette marée de sable. Revoir un film équivaut chaque fois à un looping copernicien. Tu biffes des pages entières de classeurs, que tu conserves néanmoins. Car l'erreur d'un jour contient peut-être l'intuition du lendemain. Et cet ensemble de leurres, de fausses cohésions, de vrais moments d'extase, en vient peu à peu à te constituer bel et bien : sensible et susceptible, atrabilaire et péremptoire. Toute ta vie, bientôt, est jalonnée de cinéma. Tu vas d'une salle à l'autre, d'une « Intégrale Fritz Lang » à un « Cycle fantastique ». Pour payer ta piaule sous les toits, tu travailles la nuit au tri postal de Villeurbanne. Du coup, à ceux qui certifient t'avoir vu dormir sous l'écran pendant tout un « Week-end Anthony Mann », tu dois donner des preuves de vigilance. Les génériques appris par cœur te sauvent la mise. Tu vas pourtant jusqu'à prétendre que la « fusion des rêves » est telle, entre l'écran et toi, que tu peux très bien dormir devant un film tout en le voyant quand même.

Tu as vingt et un ans. Ta silhouette s'arrondit à force de sandwichs entre les films, selon l'exponentielle fatale : beaucoup de films, beaucoup de sandwichs. Là encore tu décrètes, en riant comme un Falstaff, qu'il y a deux types d'amateurs de cinéma : les gros et les maigres. Les premiers, souvent hâbleurs et volubiles, les seconds plutôt taiseux et graphomanes. Toi, tu rassembles les contraires : gros et graphomane. « Cinéphile » est en tout cas le substantif qui te désigne chez tes compères en droit. Cuistre qui fait reluire sa science, obsessionnel qui compte chaque dent du timbre, rabat-joie qui dévoile la fin des films : tu assommes de noms propres quiconque s'aventure en ton royaume. Qu'un plaisantin t'interroge sur un nom inventé de toutes pièces, tu verdis de ne pas le connaître. Le lendemain, au lieu de corriger l'imposteur, tu le remercies de t'avoir fait réviser tout le néoréalisme italien et soutiens que « le savoir ne va pas sans effort ». Le précepte s'applique peu, néanmoins, à ton année de licence que tu viens de foirer dans les grandes largeurs.

Le cinéma devient ton seul sésame en société. Tes amis rient de bon cœur aux dialogues hollywoodiens que tu leur sers *in extenso*. D'autant qu'ils en tirent bénéfice : aux filles qui soupirent d'ennui dans ton dos, ils peuvent lancer des œillades torves, grandies par tes répliques de Capra, Lubitsch ou Wilder, comme autant d'entrées en matière. Et toi, tu finis la soirée seul comme un âne. Quelquefois, une fille passe bien la nuit chez toi. Ton addiction lui serait peut-être supportable si elle pouvait exister une seconde pour elle-même. Mais, chacune de ses phrases étant rehaussée d'une formule de Godard ou d'une saillie de John Ford, chacun de ses traits se voyant célébré, de son nez « à la Garbo » à son pied « bunuélien », très vite, la fille se sent aussi utile qu'un présentoir après les soldes. Et quand au matin, accablée de citations, elle descend « chercher des croissants », c'est pour fuir à jamais ce mausolée funeste où tu fais geindre, depuis l'éveil, un 33 tours de Damia.

Les années 1970, riches de tant de libérations, sont pour toi le contraire : une intégration forcenée à la vie professionnelle. Ta licence enfin en poche, une seule lettre de motivation où tu épanchais ton amour pour Audrey Hepburn a suffi à convaincre un titre parisien de te rencontrer. La presse spécialisée n'est pas regardante à cette époque, elle a le vent en poupe. Les complexes multisalles décomplexent le marché. Le cinéma se vend tous azimuts en magazines couleurs. Et l'arrivisme sur notes de frais mène grand train partout. Te voilà vite à Paris, chroniqueur et critique. Tes premiers papiers ne sont pas d'une audace folle. Écrire de Buster Keaton qu'il a « un sens algébrique du gag », ou voir « Samuel Fuller en Popeye fulminant, dont la pipe est un cigare » n'expose pas à des foudres singulières. La glose sur le cinéma a ceci de généreux qu'on peut tout y justifier, pour peu qu'on respecte quelques vaches sacrées et qu'on écorne toujours les mêmes. Les vivants constituent un échiquier facile à jouer. Moquer Lelouch et vanter Mocky est basique. Clint Eastwood est encore loin d'être canonisé. Mais Sergio Leone est déjà une madone. Chabrol est chéri pour sa bonhomie. Rohmer est craint pour son entêtement. Et Jean Eustache partage tout le monde entre *La maman et la putain*. Bref, tout est dit à l'avance. Et la plupart des critiques se laissent porter par le temps, comme tout le temps. Depuis lurette, les classiques sont balisés par tes aînés des *Cahiers* ou de *Positif*. Mausolées glorieux, cercueils plombés ou parterres de fosses communes : on y circule aisément si l'on ne dérange rien à l'ordre des tombeaux. Au nom du 7e Art, tu mélancolises en diable. Avec le « film noir » en totem, Mitchum en frère maudit et « papa Hitch » en tuteur obèse, tu ne crains guère les vents contraires. D'autant que les ressorties ne sont pas nombreuses à l'époque. Ce qui fut écrit sur Bresson demeure bressonnien pour toujours. Cecil B. De Mille est installé à jamais en tyran porteur de guêtres, Mizoguchi en poète des déchéances, Welles en génie empêché et Kazan en talentueux mouchard. La pyramide des gloires est ainsi édifiée au cordeau. Et ceux qui n'ont pas les bases n'ont qu'à se démerder.

À la télé, Claude-Jean Philippe a bien déjà créé le *Ciné-Club* sur la deuxième chaîne. Tu le regardes peu : « Mais c'est très bien pour la province », t'entend-on dire la bouche pincée, toi qui viens de Bourg-en-Bresse. Car la salle avec « l'écran plus grand que soi » reste pour toi « le lieu unique et transcendantal du rituel ». Soudain, à Cannes, un film te foudroie d'admiration. Sitôt après la projection du matin à la presse mondiale, tu cours à ton hôtel pleurer tout ton soûl. Car Travis Bickle/De Niro, c'est toi : loup pelé de la ville, suffoquant de solitude et prêt à péter un plomb, coiffé en Iroquois. Tu prétendras plus tard que *Taxi Driver* a changé ta vie. C'est un peu excessif. Car ta vie, depuis un moment déjà, est lancée sur le rail tout droit du besogneux plumitif. Cette même année 1976 te fait néanmoins négliger un élément tout neuf, qui vient d'entrer en cinéphilie.

Ce jour-là, tu reviens voir ta mère à Bourg-en-Bresse. Dans ta 4L Renault, deux pleins sacs de linge sale attestent ton affection pour elle. Comme il pleut sur l'avenue Alsace-Lorraine et que tu laisses passer des piétons au feu, tu vois Jipé qui traverse, un gros carton sous le bras. Deux mioches sont avec lui, agrippés à son imperméable. Tu ne klaxonnes pas. Au contraire, tu arrêtes tes essuie-glaces pour te planquer derrière la flotte. Pas de chance, Jipé fixe déjà ton visage flou. Tu n'as rien d'autre à faire alors que leur dire de monter. Et sitôt qu'ils ont grimpé dans ta 4L, te voilà invité le soir même pour une « savoyarde » en famille. Quand tu demandes à Jipé si, ce carton qu'il porte, c'est le service à fondue, il rigole, mystérieux : « Ça, mon pote, tu vas m'en dire des nouvelles ! »

Depuis son mariage avec cette institutrice rousse qui remplit ton verre de bugey en récitant par cœur le dernier *Masque et la plume*, tu n'avais pas revu Jipé. Cadre supérieur parfait du week-end, il est à quatre pattes sous la télé du salon, qui branche les câbles de ce « magnétoscope » tout frais sorti du carton. À table, il a déjà parlé de l'engin pendant plus d'une heure, en tortillant son fil de gruyère. Quand il introduit une cassette VHS — la première que tu aies jamais vue — de la neige emplit l'écran. « Mauvais présage », dis-tu méchamment. Et lorsque apparaît l'émission *Apostrophes*, qui passait en direct juste avant, tu ne vois « franchement pas ce que cet appareil apporte ». Jipé semble effaré par ton aveuglement.

Peu après, à Paris, tu réalises à quel point tout le monde, autour de toi, s'équipe de la chose. En notant au passage que l'industrie du film X en cassettes devient le vecteur d'achat essentiel — mais non dit — du nouveau grillon domestique. Ainsi, au journal, tu affiches un mépris souverain pour tes collègues de la maquette qui s'échangent

L'arrière-train sifflera trois fois ou *Autant en emporte le gland* avec des airs de satrapes. À côté de ça, les plus cinéphiles de tes amis se constituent chez eux des collections complètes de classiques incunables. *Le cinéma de minuit* et *La dernière séance* sur le service public, puis Canal Plus qui vient de débarquer, deviennent les pourvoyeurs à jet continu de ce qui couvre bientôt les étagères, à part égale avec les livres. On enregistre à tout-va. On étiquette et on classe, sans avoir toujours le temps de regarder les films. Certains ont acquis plusieurs magnétoscopes programmés nuit et jour et s'instituent en véritables tours de contrôle de la « nouvelle cinéphilie ». Jipé te l'écrit, d'ailleurs, non sans ironie : il tient à ta disposition l'entièreté des « rétros » Tourneur, Hawks et Minnelli. Et toi, tu te fends d'un édito pour moquer la tendance, où tu précises qu'un « tel papillonnage est en train de diluer toutes références. Bientôt, la critique n'aura plus de cause à défendre, si tout égale tout à l'aune domestique, entre la lucarne de la télé et celle du micro-ondes ».

Ton nouveau titre de « rédacteur en chef adjoint » te fait bientôt commander des enquêtes sur la « crise du cinéma » et les « mutations de la fréquentation ». D'où il ressort en fait que rien n'altère rien. Les « nouvelles technologies » prennent leur place, tour à tour, dans une « chronologie des médias » imposée avec astuce par notre « exception française ». Et l'ensemble sert de multiplicateur au grand « marché culturel » qui s'installe partout. Tu as beau écrire qu'il y aura forcément une fin. Que nul ne pourra consacrer tout son temps à cette subjugation par l'image, la tendance au « tout disponible » ne cesse de croître autour de toi. Alors, de guerre lasse, tu achètes un magnétoscope.

Entre trente et quarante ans, voir des films et écrire sur eux occupe tout ton temps. Tu as compensé ta calvitie par un catogan qui tire tes cheveux longs en arrière. Le port d'une cravate, sous un gilet de cuir, te donne un vague air de rocker californien, en plus pâle et plus enveloppé. Peu d'amis et toujours célibataire, une moyenne de deux films par jour et trois déjeuners par semaine avec des gens de cinéma. Ton activisme, réglé comme un réveil, te sert de mastic à colmater toute brèche dans ta vie. Quelques tentatives amoureuses, via les annonces de l'*Obs* ou du Minitel rose : une femme mariée, une rédactrice en publicité, une géante rousse. Autant de havres passagers, vite évanouis. Et le plus souvent de ton fait. Un reportage par mois, expédié dans l'Europe proche, te fait expérimenter les diverses variantes des amours tarifés. « Des films, des papiers et des putes », écris-tu alors à Jipé, dans un résumé de toi plutôt amer, mais que tu voudrais romanesque... Au journal, le temps passe à toute vitesse. Portraits d'acteurs, critiques, grands entretiens, chroniques sur le milieu : tu peux taper à la machine cinq heures durant, sans rien voir alentour. Tu quittes le bureau à 19 heures pour vite avaler un sandwich. Et filer en métro sous une butte de terre, un refuge troglodyte empli de chefs-d'œuvre : la cinémathèque de Chaillot.

Il est minuit passé quand tu rentres chez toi, après un ultime Allan Dwan. Là, tu éjectes de ton « scope » la cassette du jour comme on relève son courrier. Tu l'étiquettes en mangeant une banane. Tout est mécanique dans ce temps compté par le cinéma. Mais ce tout te va bien. Tes émotions, rangées en boîtes, se hiérarchisent en autant de VHS. Tu alignes un millier de cassettes dans ton deux-pièces de Montparnasse. S'y mouvoir exige une attention millimétrique. Ton lit à une place est enchâssé dans un édicule de documents branlants jusqu'au plafond. Dans le coin cuisine, la plaque de cuisson voisine dangereusement avec les cinq tomes de *L'histoire du cinéma* de Jean Mitry. Toi seul parviens, de temps en temps, à glisser un aspirateur entre les piles de monographies, essais, albums et dictionnaires de cinéma qui jonchent ton parquet en pyramides colossales. Car cette notion nouvelle de « vidéothèque à la maison » a réactivé l'édition. Voir et revoir des films invite à la connaissance. La même qui fait s'ouvrir de nouveaux « départements cinéma » dans les facultés et naître nombre de festivals spécialisés, partout sur l'Hexagone. Du reste Marjorie, une étudiante en cinéma que tu as connue stagiaire de la Semaine de la critique à Cannes, habite le même immeuble que toi. Belge d'origine, elle vit avec un Indien amorphe, toujours en manteau long. Marjorie est une mince joliment bustée : ton idéal érotique, n'était ce grain de beauté entre le nez et la joue qui focalise le regard. « On me l'enlève en juin », te dit-elle un soir, à brûle-pourpoint dans l'ascenseur, sans que tu y aies fait la moindre allusion. Par la suite, vous vous voyez en coup de vent. Le grain disparu à son nez, d'autres compagnons apparus à son bras soulèveront bien en toi quelques penchants contradictoires. Et puis, un jour, tu ne vois plus son nom sur les boîtes aux lettres. À cette époque, de toute façon, le métronome du cinéma bat plus fort dans ta poitrine que ton propre cœur.

Dans les années 1990, un « grand distributeur » t'envoie au journal un lecteur laser et plein de nouveaux titres, dont beaucoup que tu avais déjà sur VHS, mais aujourd'hui édités sur de grands disques en coffrets cartonnés. Et tu deviens aussi vite l'avocat de la cause. Car cela participe, écris-tu, « de l'indispensable redécouverte des œuvres du patrimoine, dans le meilleur rendu qui soit possible : le laserdisc ». Il faut voir alors avec quel doigté tu manipules l'objet. Comment tu le poses sur son lecteur, telle l'hostie consacrée. Et comment, depuis ton autel domestique en forme d'écran panoramique, les comédies musicales de la MGM irradient leur lumière sur toi seul, dans ton deux-pièces encombré comme jamais.

D'autres années passent, avec toujours plus de films, de livres et de travail. Et voici le DVD (*digital versatile disc*), qui n'a de versatile que le nom puisqu'il te choisit aussi vite comme chantre assidu. Désormais, donc, un même film peut se voir sur trois supports successifs : VHS, laserdisc et DVD.

Chez toi, tous les matériels se superposent, dans un fouillis de branchements inextricable. Tu as beau écrire qu'« en vingt ans le cinéma n'a cessé de se couler d'un support à l'autre, pour le plus grand profit des fabricants », de cette concurrence effrénée, tu retiens surtout l'aubaine cinéphile. Des incunables sont restitués dans un éclat meilleur qu'au premier jour, avec un accès aux œuvres jamais vu. Au journal, tes propos sont un miel pour les annonceurs. Qu'un critique aussi exigeant sur le cinéma puisse défendre, à ce point, les technologies de pointe est inespéré. Aussi, comme rien ne réussit mieux que la réussite, ta verve te désigne d'emblée pour une chronique à la radio. « Excellente visibilité pour notre titre », admet la nouvelle directrice, en t'élevant ce jour-là au grade de « rédacteur en chef ».

Le mercredi, jour de sortie des films, tu pars tôt de chez toi, en direction d'une station de radio célèbre. Tu as mis un temps fou, la veille au soir, à répéter vingt fois ton texte, à voix haute. Mais tu prends vite de l'assurance. Et le retour devient plutôt bon, dans le métier. Ce mercredi-là, tu as produit une chronique sur le dernier Abbas Kiarostami, que tu avais adoré à Venise. Aussitôt après, tu files en projection voir « une daube américaine » avec Patrick Swayze. Tu déjeunes en vitesse, puis tu fonces au journal finir un portrait d'Alain Corneau. C'est là qu'elle te téléphone. Il lui était facile de glisser un mot dans ta boîte. Mais t'appeler à ton travail, elle trouvait ça plus joli. Elle veut dîner avec toi. Et te donne rendezvous le soir même, pour fêter la ducasse dans un bar belge des Halles.

Les fêtes du Hainaut à Paris sont liquides et bruyantes. Dans le bar, vous avez déjà éclusé nombre de bières, sans pouvoir parler. Vous rattrapez la chose au Pied de Cochon, à côté. « Un tête à tête… au *Pied* », dis-tu à la deuxième bouteille de mâcon. Tu as quarante-huit ans. Elle en a treize de moins. C'est son anniversaire. Elle sait que tu vis seul, que ton métier est tout pour toi. C'est ta voix, à la radio, qui lui a donné envie de… Elle te prend la main et la couvre de baisers. Elle veut voir ton immeuble, qui fut aussi le sien. Votre ivresse est déjà avancée et le trajet en métro houleux. Avant d'aller chez toi, Marjorie t'entraîne encore dans un bar de nuit : il faut être soûl complet pour fêter la ducasse. À 2 heures du matin vous ressortez, anéantis de bière, de mâcon puis de gin. Elle seule parlait, à la fin, en français, en flamand, en allemand : elle est douée pour les langues. Cette fois, c'est toi qui l'embrasses dans l'ascenseur, jusqu'au cinquième étage. Sur le palier, tu l'embrasses encore avant d'introduire ta clé. Et là, ta porte tombe… Littéralement : la porte dégondée a basculé d'un coup vers l'intérieur de chez toi. Le trou noir insensé te dégrise d'un coup. Ta clé encore en main, tu réalises qu'une odeur âcre stagne sur le palier. Marjorie a beau te tirer en arrière, tu veux voir. Il n'y a plus de lumière chez toi. Mais ce que tu distingues à la seule lueur du palier est abominable. L'intérieur entier de ton deux-pièces a brûlé. La quasi-totalité de tes livres, cassettes et

DVD n'est qu'un amas calciné et noirâtre jusqu'au plafond. Quelques colonnes de documents se dressent encore, couvertes de suie collante et de matières fondues. Un peu partout, la mousse carbonique atteste l'intervention des pompiers. Le « coin cuisine » est le plus atteint : un seul tas charbonneux où rien n'est identifiable. Dans l'urgence du matin, tu as dû laisser ta plaque allumée. Le feu a couvé un moment avant que *L'histoire du cinéma* de Mitry ne s'enflamme. Puis, tout le reste. Les pompiers sont entrés de l'extérieur par la fenêtre, via leur grande échelle dressée jusqu'à ton étage. Ils ont éteint l'incendie, puis replacé ta porte sur son embrasure, comme ils ont pu. Sur le moment, ça a dû faire un fameux cirque dans le quartier. Mais, à 2 heures du matin, tout était calme et l'ivresse vous a menés là sans rien voir.

Comme tu restes immobile, refaisant le film de ce qui s'est passé, Marjorie prend les devants. À la lumière de son briquet, elle se fraie un chemin parmi les ruines calcinées de ta cinéphilie. Mais, vite, elle revient vers toi : « Faut pas rester là ! » Son intuition te fouette le sang. Depuis des années que tu sous-loues ce deux-pièces à un Maltais aux mains pleines de bagouses, tu ne sais rien des assurances ni du réel propriétaire. La pluie des ennuis à venir te semble insurmontable. Alors, tu tires une valise rescapée. Tu y jettes quelques livres, intacts par miracle : le *Dictionnaire du cinéma* de Lourcelles, le *Borzage* de Hervé Dumont, le *Mankiewicz* de Mérigeau et un essai, *De Caligari à Hitler*, de Kracauer. À coups de pied, tu débloques un tiroir où tu récupères ton dossier de carrière. Tu agis de plus en plus vite, avec une détermination imprévisible un temps plus tôt. D'un coup, te voilà débarrassé du fatras qui engloutissait ta vie. Un nouveau film commence et c'est le tien. Te voici enfin protagoniste et auteur de ton propre destin. Redoutant qu'un voisin ne vienne, vous fuyez de chez toi, valise en main, comme des voleurs. Moins d'une heure après, vous arrivez en taxi chez Marjorie : une petite maison de ville, héritée de son oncle, à Nogent-sur-Marne. Vous y vivez encore.

En dix ans, tu n'es jamais retourné à la station Duroc. Aucun Maltais à bagouses n'est venu t'inquiéter. Tu es pourtant visible : journaliste à la télé, sur une chaîne du câble. Et, en cela, nettement moins critique. Plus de catogan ni de gilet de cuir, un tweed léger sur col ouvert et un babil quasi automatique sur tous les genres du cinéma. Marjorie traduit en français des livres allemands pour enfants. Vous en avez deux vous-mêmes : des jumelles. « 2001, l'odyssée de l'espèce », t'a écrit Jipé peu après leur naissance. Elles ont dix ans elles aussi, l'une blonde, l'autre brune : « Elles ne viennent pas du même œuf », dis-tu en pensant chaque fois à *Chicken Run*. Jamais auparavant tu n'aurais cru possible cette vie de famille. Ni souhaité, surtout. Elle t'aurait paru mièvre, digne d'un mauvais happy end hollywoodien des années 1950. Était-elle au fond de toi sans que tu l'aies jamais su ? Marjorie l'avait-elle sentie, voire suscitée par une maïeutique secrète ? Elle-même se contente de sourire quand elle t'entend évoquer ta « mue ». De fait, à bientôt soixante ans et pour la première fois de ton existence, tu te sens comme lâché à l'air libre, tel le *Brewster McCloud* de Robert Altman. Non que l'incendie ait apuré quoi que ce soit du passé. Pour toi, le cinéma reste « cet art heureusement impur » dont parlait Fritz Lang et auquel tu as dédié ta vie. Mais le feu t'a rappelé à la « supériorité de la nature sur la culture », comme tu l'as écrit à Jipé sur une carte de Noël, avec une légère emphase.

De fait, tu aurais largement la place ici de reconstituer tes collections, d'empiler de nouveaux matériels. Tu ne le fais pas, ou si peu. Tous les films, aujourd'hui, sont visibles autrement. La VOD, le téléchargement, les multiples rediffusions télé te comblent à la maison de tout ce que tu veux voir. La médiathèque à deux pas est ravie de commander des DVD et des bouquins nouveaux, d'après les listes expertes que tu lui donnes. Et tu as abonné toute la famille au Royal Palace de Nogent. Tu y revois souvent, entre Marjorie et les filles, des films déjà vus pour ton métier. Ton plaisir est intact parmi ces retrouvailles. Et c'est encore là que tu ressembles le plus à ce que tu étais : l'index près de ton nez, quatrième rang côté droit, prisonnier volontaire de héros et chimères que tu regrettes encore quand revient la lumière. Mais d'un regret moins jaloux, moins dévorant. Ta soumission d'hier, faite de possession et d'accaparement, avait tout de la rage. Elle a laissé place à une sorte de complicité qui n'a pas besoin de preuves sous la main, ni de livres ni de matériels. Une complicité d'ancien combattant. Comme si, entre le cinéma et toi, un pacte avait été conclu qui vous rendait plus égaux devant le scénario du destin. Une proximité un peu kitsch, où Jean Renoir côtoie les frères Coen, où Lubitsch offre un cigare à Buñuel et où Audrey Hepburn sourit de voir tes jumelles sortir de *Diamants sur canapé*... Mais qu'ont-elles donc à tripoter ainsi leur portable, telles des frénétiques ?... « On twitte ! » répondent-elles en chœur, sans que tu saches rien de la nouvelle fiche qu'elles élaborent en commun sur la sublime actrice en Givenchy...

Sang des poètes et poètes du sang

« Le sang au cinéma, c'est toujours de la peinture rouge », a dit un jour quelqu'un. D'un noir intense au temps du noir et blanc, le sang luisait comme un miroir sous les victimes. La flaque était graphique, le cadavre très immobile, et le travelling arrière magnifiait l'instant. L'arrivée du Technicolor n'a pas accru le réalisme. Les morts, au contraire, avaient l'air moins morts qu'avant. Gangsters ou capitaines, quidams ou gladiateurs, cow-boys ou vampires ont ainsi traîné des agonies splendides, la main sur le ventre où gluait une barbouille épaisse, plus orangée que rouge. Nous n'étions pas moins transportés de douleur en attendant leur dernier souffle. Mais si, parfois, l'acteur respirait encore après avoir trépassé, nous en voulions beaucoup à sa désinvolture. Car la mort, il faut la jouer bien : on est venus pour ça, sans vraiment se le dire. Les années 1970 auront beaucoup fait pour nous réconcilier avec le moment fatal. Impacts de balle sur les poitrails, geysers sanglants, éclaboussures de cervelles, fragments d'os, humeurs suintantes et plaies à vif : l'hémoglobine, comme la putain, s'est faite respectueuse de nos désirs. Et les défunts de l'écran ne bronchent plus sur les catafalques.

Le cinéma moderne a si joliment figuré la mort qu'il lui arrive de ne plus s'arrêter sur les victimes, tout en les accumulant tant et plus. Car trop c'est trop, entend-on souvent. On veut la vérité la plus « à cru » possible et les hécatombes les plus sanguinolentes. Mais sans que le regard dure trop longtemps sur la bouillie. Ou alors, pour en rire. Aussi, les « abus de violence » peuvent bien choquer, les meilleurs cinéastes jouent à fond sur nos ambiguïtés en ce domaine. Et ils ont bien raison. Entre montrer pour ne pas voir et voir pour moins souffrir, souffrons donc de tout voir. Le corps au cinéma se voit retroussé aujourd'hui, comme une peau de grenouille. Les nerfs, les glaires, les cathéters : rien ne nous est épargné. Même le son ajoute à la blague. Le gros plan sonore, peut-être plus encore que l'image, aura beaucoup donné à l'écartement des chairs, à la flaccidité humide des boyaux. C'est que l'intérieur de nos organismes nous fascine. Il nous apparente bien plus les uns aux autres qu'il ne nous divise. La peau sociale est trop menteuse et se complaît de trop d'arrangements. Allons donc voir au-dedans. Loué soit ce cinéma dit « de genre » qui, d'un coup de pieu dans le cœur, a fait jaillir ce rouge carburant.

Donc, si réaliste qu'il paraisse, le sang de cinéma est bien toujours un simulacre. Eh quoi ? Faut-il de vrais égorgements ? Des soldats figurants qui tombent sous de vraies balles ? Orphée lui-même transpercé par une lance, Cocteau a tout dit en avançant que « le cinéma filme la mort au travail ». La mort est si « étroitement liée à notre substance » que chacun aimerait payer sa place au spectacle de sa propre fin. Au point que, plus souvent qu'on ne le croit, la boucle mythique est bouclée. Il y a quarante ans, Claude Lelouch notait que « les vrais voyous ressemblent beaucoup à ceux que le cinéma a immortalisés. Et pour cause : ils sont devenus voyous pour ressembler à leur modèle ». On sait que Scorsese compte plein de fans parmi les vrais membres de la Mafia et que le *Scarface* de Brian de Palma (1983) s'est longtemps échangé dans nos banlieues en colère. De même, certains gamins de Naples, tueurs débiles du film *Gomorra* de Matteo Garrone (2008), choisirent de figurer dans le film pour presque rien, sachant d'avance qu'ils allaient finir leur vie jeunes, dans des règlements de comptes comparables. L'écran, pour eux, était un linceul, élégiaque et morbide, mais seul digne de contenir leurs exploits. Ainsi vont les gestes et les morts du cinéma révélateur. La vieille catharsis d'Aristote en est tourneboulée. Les belles âmes continuent de s'en offusquer. Et traitent les cinéastes d'irresponsables qui esthétisent des actes odieux, donnant ainsi aux esprits faibles d'effroyables modèles. Mais lorsque des policiers prennent la pose à la même source, à quoi sert de briser le miroir ? Quand les boucheries militaires de nos guerres passées, bien réelles celles-là, ne sont pas toutes sorties de leurs archives, il faudrait faire l'autruche devant les fictions qui les évoquent ? Non. S'il existe, c'est vrai, une pornographie de la violence à l'écran, faut-il ordonner sur les tournages un sang jaune, ou bien phosphorescent, pour rappeler aux imbéciles qu'il n'est que peinture ?

Allez. Le cinéma n'a pas inventé le crime, qui était là bien avant. La vision de nos meurtrissures ne nous guérit pas de celles d'hier, ne nous prémunit en rien contre celles à venir. Elle déploie seulement, sous les drapeaux ou au pied de nos immeubles, nos folies ordinaires. « Ce qui est grand n'est pas l'image, mais l'émotion qu'elle provoque », notait Godard. Peinture ou pas, le sang du héros n'a pas le même prix que celui du salaud ou de la victime innocente. Mais, le désir humain se portant toujours vers ce que désire autrui, tour à tour nous nous désirons victime, héros ou salaud. La transgression est volontaire. Aussi, viole, mon ami. Pille, tue, meurtris, vends de la drogue et prostitue-toi : le cinéma n'en finira jamais ne retisser ta gloire. Parce que c'est sa fonction, comme l'est la corne pour le taureau. Et comme le bouc est émissaire. Tout vaut mieux que planquer les choses sous le tapis. Coulée de sang pour montée des marches : le tapis rouge des festivals, c'est la gloire à rebours de nos incuries ordinaires. Peinture, certes. Sublime vermillon des fresques de nos temps, nous avons besoin de toi pour nous réconcilier avec nous-mêmes.

Il *et* ***Elle****... comptent leurs heures*

Il épie qui est pis que lui. Michel Peu est candidat à tout et ne doute de rien. C'est devenu sa nature de perpétuel rival. Le statut d'intermittent ne souffre guère de laxisme : c'est une école forcenée de la concurrence. Au four et au moulin, au pipeau ou à la flûte, Michel court le cacheton. Cela l'épuise, même s'il ne le montre pas. Surtout pas. Ce serait faillir à la nécessité de sympathie à laquelle il se voue jour et nuit. « Être toujours de bon commerce avec ses semblables » est la règle qu'il ressasse comme un mantra. *A fortiori* quand l'objet de ce commerce est sa propre peau. Michel Peugeot est son vrai nom, né à Prémery dans la Nièvre, de parents agriculteurs. Après deux ans de Sciences nat à Orléans, il a tenté et réussi le conservatoire de là-bas. Dans sa classe, il y avait Marion Cotillard qui ramassait déjà tous les prix.

Depuis le temps qu'il galère, Michel a connu tous les contours, pentes et remontées, du perpétuel grand huit qui constitue ce métier. Sa décision la plus sage, selon lui, ayant été, il y a quatre ans, de raccourcir son patronyme familial, fâcheusement banalisé par la marque de voitures, pour passer de Michel Peugeot à Michel Peu. Un pseudo qui sonne comme une proclamation au monde. Et comment qu'il peut... Tous les régisseurs, directrices de casting et chefs de plateau, toutes les productions de pub, de théâtre, de music-hall, de télé, d'animation en entreprise ou de foires au jambon ont reçu les photos de Michel Peu. Les trois mêmes qu'il envoie partout : un portrait de face en gros plan pour montrer ses yeux clairs, une autre en pied sur scène, près d'un hallebardier pour attester sa grande taille, une troisième à plat ventre, tenant un flingue, pour affirmer ses capacités sportives.

Michel Peu a trente-six ans et une irritation cutanée tout autour de la nuque. Il vient de passer cinq jours sur le Tour de France en costume de poussin jaune paille, pour le compte d'une compagnie d'assurances. À l'étape, encore galvanisé par le public des bords de route, il ne sentait rien quand il descendait du char publicitaire et ôtait sa tête de volatile grotesque. Deux cigarettes plus tard, les douleurs le prenaient. C'est ce petit tuyau de plastique, alimenté par une poire à main pour faire tourner les grands yeux du poussin, qui lui cisaillait le cou. Impossible de l'éviter : « *The show must go on* », disait le chef de caravane, un faux jovial des plus pervers. La nuit, à l'hôtel, Michel ne trouvait pas le sommeil avant 2 heures du matin. Les onguents qu'il appliquait sur sa peau ne faisaient que tacher l'oreiller. Et le lendemain le calvaire reprenait, seulement adouci par les bravos des gens. Car, même engoncé dans un costume de poussin, un acteur reste un acteur : incarner la cause gallinacée n'a rien de honteux. Et sous le duvet jaune, au moins, il gagne sa vie tout en préservant son image.

Pour l'heure, Michel est dans un train, direction Valence (Drôme). Le wagon est quasi désert : trois cadres en costard penchés sur leur portable, deux mamies qui somnolent, une fille avec des écouteurs de walkman juste derrière lui. Affalé sur sa banquette de deuxième classe, Michel laisse un peu tomber sa vigilance. Mais l'angoisse est toujours là, qui le projette au lendemain. Il a deux jours sur un tournage cinéma. Un lieutenant de gendarmerie, avec trois lignes de texte le premier jour : « Ces gens du voyage, comme vous dites, ce ne serait pas plutôt nos types : un grand brun mal rasé et une femme à teint mat, la trentaine ? » Et juste une silhouette du même lieutenant, le lendemain. Les autres gendarmes de la scène seront des vrais. Les productions en emploient souvent, par économie : ils viennent avec leur uniforme et savent se déployer en battue, comme à la parade. Autant de travail en moins pour les artistes... Cinq jours, plus deux jours, ça lui fera cinquante-six heures en juillet. Il en aurait accumulé bien davantage dans des panouilles du « off », à Avignon. Mais avec des cachets moindres. Et puis, un rôle télé, même de deux jours avec si peu de texte, ça vous donne une visibilité largement supérieure. Il fallait choisir. Cinquante-six heures en juillet, saison idéale des tournages, c'est pas si mal. Michel Peu a connu pire. L'objectif étant d'accomplir cinq cent sept heures en dix mois, pour bénéficier des Assedic. Une gageure pour tout le monde, même en comptant les stages de formation : escrime, équitation ou danse mondaine. Encore faudra-t-il qu'il pense à s'inscrire… Michel reprend sa feuille de texte. On ne lui a pas envoyé le scénario complet. Seulement, par mail, la page qui le concerne. « Ces gens du voyage, comme vous dites, ce ne serait pas… » : il a déjà tenté toutes les césures possibles dans sa tête. Mais il sait qu'il vaut mieux savoir son texte à plat. Sans rien anticiper sur les indications du réal. Ou plutôt de l'assistant, qui règle en général ce genre de scène. Car la caméra sera loin, c'est certain.

Elle aussi épie qui est pis qu'elle. Entre les deux sièges, Karima a remarqué la nuque tuméfiée du type devant elle. Agression de voyous ? Manchette au rugby ? Passage à tabac par les flics ? Les trains sont tous des scénarios aux héros innombrables. Et Karima adore échafauder des hypothèses. Elle n'a rien changé à son nom. Au contraire. Être née Karima Hadia à Garges-lès-Gonesse, dans une ville comptant plus de 80 % de logements collectifs, ne facilite pas l'embauche en général. Mais, dans le cinéma, c'est presque devenu un plus. Double conséquence du politiquement correct et d'un rattrapage tardif de la réalité par la fiction : les beurs et beurettes sont enfin apparus sur les génériques français depuis quelques années. Peau mate plutôt claire, cheveux courts et jeans serrés, Karima ne joue pas les affranchies. Elle aime passer inaperçue. Ainsi, les écouteurs de son walkman ne sont pas branchés. Elle les porte comme sa sœur aînée porte le voile : pour ne pas être emmerdée. Karima est plutôt à l'écoute du vrai monde. Elle veut raconter des histoires. Après trois ans de socio à Nanterre, elle a obtenu une licence qui ne lui sert à rien. Mais elle a beaucoup lu pendant ses heures de gardiennage au château de Versailles. Dickens, Hugo ou Jim Thompson, Balzac, Houellebecq ou Jane Austen : tout était bon. Avec des notes au crayon pour décrypter les structures. Aucun de ses propres textes envoyés aux éditeurs n'a retenu l'attention. Alors elle s'est essayée au scénario de court-métrage. Le premier doit être tourné en septembre, par un ami photographe. En attendant, Karima travaille en « renfort régie » sur les tournages. Elle aussi descend à Valence. Et d'ailleurs, mais oui... c'est bien la feuille de service du lendemain, frappée aux armes de la production, qu'elle reconnaît maintenant entre les mains de ce type devant elle... Là, ça change tout : cascadeur, machino, artificier ?... Cette blessure au cou qui doit lui faire mal, c'est sans doute l'avatar d'un tournage précédent. Karima pourrait se lever, toucher son épaule, se faire connaître. Elle et lui vont au même endroit, c'est certain. Ils sont du même bois : la grande farandole des intermittents qui clignotent telles des lucioles, en suspension dans l'air du cinéma employeur. Mais Karima Hadia ne bouge pas et se fait plus petite encore. Plus que tout, elle aime observer.

La gare de Valence TGV est un grand machin en béton avec de longues pentes et des ascenseurs vitrés. À la sortie, une fille en parka matelassée tient une ardoise. Trois noms sont inscrits au feutre : Karima Hadia, Michel Peu, Jean-Patrick Loublié. Présentations rapides. La fille en parka, poigne ferme et regard vif, s'appelle Marie-Do. Quand elle ouvre le coffre de l'Espace pour qu'ils posent leur bagage, Michel regarde Karima à la dérobée. Jamais il n'aurait dit que cette beurette derrière lui était du métier. Un wagon quasi vide au hasard et trois emplois intérimaires, plus un qui vient les chercher : l'industrie du spectacle ne va pas si mal.

Le portable de Marie-Do sonne. Elle écoute un message.

— Loublié s'est oublié, conclut-elle en souriant. Il vient de prévenir la prod qu'il a loupé son train. On peut y aller.

Les voici dans la voiture qui roule vers le tournage. Karima s'est installée derrière. Michel, à côté de la conductrice, regarde le jour qui décline sur la Drôme. Il est 20 heures passées.

Marie-Do rompt le silence :

— Benoît est en avance sur le plan de travail. On tourne la battue demain matin : PAT 6 heures[1]... Votre scène, Michel, est coupée en deux. On risque d'avoir besoin de vous un jour de plus.

1. Le PAT ou « prêt à tourner » est l'heure à laquelle chacun doit être prêt sur un tournage : outillé pour les techniciens, maquillé pour les acteurs.

Bingo !... cinquante-six plus huit égale soixante-quatre heures en juillet. Michel hoche sobrement la tête. Ne rien montrer. Rien d'autre qu'une disponibilité bienveillante et soumise. Ne jamais faire le « mort de faim », toujours être de bon commerce. On aurait pu aussi bien lui sucrer une journée, il aurait eu la même attitude.

— Toi, Karima, tu fais toute la semaine avec moi en régie, précise Marie-Do, en fixant Karima dans le rétroviseur. Y a du taf. Et trois nuits !... T'as prévu des trucs chauds ?

— Pas trop, mais je me débrouillerai, répond Karima.

— Au pire, j'ai un rab de pulls : je t'en filerai.

— Sympa. Il fait une chaleur à Paris, je te dis pas...

Même quand ils se voient pour la première fois, le tutoiement est un réflexe immédiat entre gens de régie. Lesquels, en revanche, vouvoient toujours les comédiens. Marie-Do a dit « votre scène » à Michel. Donc, il est comédien. Mentalement, Karima redémarre un nouveau scénario sur cette nuque à vif... Un truc sexuel ? Une rivalité entre acteurs ? Mais ces deux nuits imprévues qu'on vient de lui annoncer recouvrent vite ses pensées : une semaine complète de cinq jours ouvrables, dont trois nuits comptées doubles, ça fait soixante-quatre heures d'un coup. Plutôt inespéré. Avec ça, si tout va bien, elle pourra se payer le stage de John Truby, le grand gourou du scénario hollywoodien qui vient six jours à Paris en janvier. Elle aurait bien aimé le faire avant qu'on tourne son court-métrage, mais…

— Vous nous posez à l'hôtel, Marie-Do ? demande Michel. Sur la feuille de service, j'ai lu La Capitelle à Mirmande.

— Les comédiens sont là, oui. C'est très cosy. Vous pourrez y dîner en arrivant, précise Marie-Do en fixant à nouveau le rétroviseur. Nous, la technique, on est répartis un peu partout. Toi, Karima, tu es à L'Auberge bleue avec moi.

— L'Auberge bleue, c'est joli comme nom.

— Rêve pas. Demain, on est debout à 5 heures. Soixante-dix gendarmes à gérer qui arrivent de Montélimar : café sur site avant déploiement. Faudra se magner.

Karima ne rechigne pas à la tâche. Juste après ce tournage, elle doit enchaîner avec un remplacement bizarre sur un spectacle d'animaux : « Déambulation d'oies et de moutons d'Ouessant dans les foires et défilés de Bretagne Sud, exhibitions de chiens dressés, expérience de pyrotechnie demandée », disait l'annonce. Son embauche, pour quinze jours, a été confirmée par mail. C'est pas gagné d'avance, mais Karima aime les bêtes. Et côté feux d'artifice, elle a souvent donné la main aux Fêtes de Nuit de Versailles.

— Benoît vous attend pour dîner à sa table, dit Marie-Do en stoppant la voiture devant La Capitelle.

Michel récupère son bagage en vitesse et entre dans l'hôtel tandis que l'Espace repart avec les deux filles. Bel endroit, en effet, à la pierre de taille un rien ostentatoire. On lui tend une clé. Il monte son bagage à sa chambre, passe un foulard de soie, redescend aussitôt vers la salle à manger.

Le Benoît en question est un metteur en scène peu disert et visiblement fourbu. Le dîner à sept avec le chef opérateur, le directeur de production et les quatre comédiens de la scène du lendemain — dont Michel — a été vite expédié. Tout le monde s'est montré plutôt accueillant et aimable. Une allusion a fusé, sans méchanceté, sur ce Loublié, absent du dernier train, quelques anecdotes de théâtre d'une vanité acceptable, par l'acteur vedette qui avait la main preste sur le côtes-du-rhône, une petite moue éloquente d'une jeune actrice blonde quand le chef opérateur a déclaré qu'il montait voir « cette deuxième mi-temps improbable du Milan AC », un ultime regard de Benoît vers chaque membre de sa troupe avec une poignée de main à Michel, comme un test pour juger du lieutenant de gendarmerie qu'il sera à l'aube. Et tout le monde avait regagné sa chambre avant 22 h 15.

Le Milan AC a finalement vaincu. Michel est allongé sur le côté. Son lit est dur, comme il aime. Il a réglé le réveil de son portable au moment indiqué sur la feuille de service. Son irritation, qu'il a planquée tout le repas sous son foulard, lui tire la nuque. Demain, il demandera à la maquilleuse de tartiner. Au bout d'un temps, la douleur finit par se fondre dans son immobilité. Comme toujours en pareil cas, Michel recompte ses heures, ça l'apaise.

Deux cent cinquante-deux heures en sept mois, il n'a jamais atteint un tel score. Un seul engagement d'un seul mois, un cinquième rôle au boulevard, un remplacement au pied levé et… Michel Peu s'endort comme un bébé.

Le téléphone sonne à son chevet. Déjà ? Qu'est-ce que c'est ? Il est une heure du matin. Michel, effaré de sommeil, décroche le combiné.

— Je peux monter ? demande une voix de fille.

— Heu… oui…, répond-il sans comprendre. Chambre 22.

Quelques secondes plus tard, on frappe doucement à sa porte.

— Je peux dormir ici ? dit Karima qui entre d'emblée avec son sac.

— Qu'est-ce qui se passe ?

— C'est l'autre, là, Marie-Do : elle m'a fait chier.

— Pourquoi ? Qu'est-ce que je…

— Elle m'a fait chier, quoi… « Renfort régie », tu parles. Y avait qu'une seule chambre, elle a voulu me sauter… J'ai fait deux kilomètres à pied. Ils n'ont plus une place dans l'hôtel et je ne connais personne d'autre, ici… Vous pouvez m'héberger ?

— Ben… si vous voulez. Mais y a qu'un seul lit…, dit Michel, d'autant plus penaud que son pantalon de pyjama manque de tomber. Il choisit de se recoucher bien au bord, en tournant le dos à Karima qui va à la salle de bains.

Elle revient, se glisse discrètement sous le drap en laissant un espace maximal entre elle et lui. Pendant un bon moment personne ne parle. Il la sent derrière lui qui le regarde. Sa mécanique masculine s'est déjà éveillée malgré lui. Michel Peu bande comme un cerf. Mais Karima se tourne de l'autre côté. Au bout d'un temps, c'est elle qui lui demande doucement :

— Ce truc que vous avez au cou, c'est quoi ?

— J'étais poussin sur le Tour de France et un tuyau me passait là...

Karima sourit.

— Poussin ? Moi, je vais faire les oies et les moutons d'Ouessant la semaine prochaine... Ça fait toujours des heures, hein ?

Michel sourit à son tour.

— C'est vrai. Ça fait toujours des heures.

Rassérénés par leur franchise, dos à dos ils ne bougent plus. Karima Hadia se revoit, claquant la porte de L'Auberge bleue derrière elle. Elle peut dire au revoir à sa semaine. Marie-Do ne lui pardonnera pas cet affront, c'est certain. Le statut d'intérim des techniciens du cinéma ne prise guère les plaintes pour harcèlement sexuel.

Michel Peu se projette en lieutenant, aux aurores. Dans quel état sera-t-il tout à l'heure, parmi tous ces vrais gendarmes ? Sa précarité à lui, leur sécurité d'emploi à eux... Le tout caché sous le même uniforme.

Ainsi, chacun recomptant ses heures, Karima et Michel attendent un sommeil aussi intermittent qu'eux. Viendra-t-il, ce sommeil, avant que l'un ne s'approche de l'autre ?...

Barbe à papa et tout à l'ego…

La barbe à papa, c'est trop sucré pour les adultes. Mais son image est ravissante à tout âge. Il y a quelque chose de la barbe à papa dans le cinéma. Comme lui, elle naît d'un appareil avant de s'enrouler, moussue, autour d'un bâtonnet : fil d'araignée, matière fantôme, métamorphose de granulés en nuages. Le cinéma, plus aérien encore, déroule des mondes qui créent des souvenirs. Et ce côté « vieux tracassin producteur de dentelle » de la machine à confiserie foraine fait aussitôt penser à la cabine de projection. Dans la parfaite humilité de sa tâche, une mécanique vrombit doucement dans notre dos. Sa lanterne projette un rai de lumière par-dessus nos têtes. Le faisceau arrive sur l'écran et se mue en un monde aussitôt partageable. Tout importe dans le processus. Ce foyer qui luit derrière nous et duquel tout peut venir, c'est la source d'un inexorable. La vraie nature du cinéma est là : un destin qui advient et nous prend tous en charge. Un phare qui perce dans la nuit pour nous sauver du néant. Avec la barbe à papa / cinéma, chacun repart de la fête avec sa pelote de songes. Mais l'instant de la métamorphose a captivé tous les regards, comme le manège qui s'emballait dans *L'inconnu du Nord-Express*.

Aujourd'hui, ce qui rapproche encore plus le cinéma de la pilosité sucrée, c'est que tout le monde a envie d'y goûter. Car le cinéma a muté en tant que rêve. Jadis, c'était un rêve de spectateur. Un ticket d'entrée suffisait pour y accéder. Un jour, dans *Jason et les Argonautes*, on voyait une immense statue de bronze poursuivre des marins avant d'exploser leur bateau. Tout avait l'air vrai. Et toute notre vie, par la suite, on s'interrogeait sur les prodiges qui avaient engendré le spectacle. Mais la barrière restait étanche entre ceux qui le fabriquaient et ceux qui le contemplaient. L'informatique a tout décloisonné. La performance des outils numériques, capables de créer des décors accessibles aux seuls professionnels il y a seulement dix ans, est aujourd'hui rattrapée par le moindre ordinateur domestique. Cela ne donne pas un nouvel imaginaire, ni une dextérité plus grande à tout un chacun. Mais ça donne envie d'essayer.

Puisque tout semble possible, le rêve de spectateur s'est doublé d'un désir de réalisateur. Au sens littéral, où chacun veut *se* réaliser en signant *son* propre film. Cela vaut pour les amateurs les plus modestes. Une caméra minuscule qui « encaisse » les plus basses lumières et « corrige » le moindre tremblement, un poste de montage plus petit qu'un cartable : et hop, c'est parti pour un rêve de montée des marches. C'est ici la conséquence d'une authentique propagande. Autant pour les technologies nouvelles que pour l'atomisation sociale, car les deux vont de pair : autant d'individus que de rêves de gloire. Chacun peut, donc chacun doit. Une propagande instillée, c'est sûr, par les fabricants de technologie. Mais aussi par chacun de nous qui se découvre soudain en capacité de contenir le monde dans son portable. Des narcissismes les plus frivoles de l'émergence de soi aux insurrections les plus nécessaires contre les dictatures, chacun est invité par le tout. L'ordinateur est une ordination. Entrons vite en son Église. Beaucoup bricolent des montages vidéo à la maison, qu'ils *mettent « à disposition »* du Net. Le grotesque y rejoint le touchant, du petit chien qui tombe dans une bassine à l'aïeule qui touche la joue d'un bébé. Les anthropologues de demain feront leur miel de ces trésors, s'ils trouvent encore les machines pour les lire. La position de l'homme debout, son pouce opposé aux autres doigts : aujourd'hui, nous sommes encore dans le cycle des chasseurs-cueilleurs… d'images, tel un bien aussi précieux que les baies sauvages.

Les plus lucides postulent aux écoles qui pullulent sur la planète. Dans la seule ville de Buenos Aires, en Argentine, on compte plus de cent écoles privées de cinéma. Les jeunes gens de là-bas sont plus friands d'un brevet de réalisateur que de n'importe quel diplôme d'ingénieur ou d'avocat. Le cinéma est autant une façon de combler le

« manque à être » de chacun que la « nécessité à dire » de tous. À noter que les films sont plutôt bons et neufs en Amérique du Sud... En France, filles et garçons parcourent les multiples festivals avec leur court-métrage, non plus sous le bras comme avant, mais dans leur sac à main ou dans la poche, voire sur leur porte-clés (USB). Ils sont ainsi légion, sortis ou non d'écoles spécialisées, qui entrent dans un circuit engorgé. Leur espérance est belle à voir. Elle n'a d'égale que leur rivalité. Au moins ce parcours leur apprend-il à aiguiser leurs projets. Ou à y renoncer... D'autres profitent d'une notoriété acquise en divers domaines (à la télévision, sur scène, dans l'édition) pour « passer à la réalisation d'un premier long-métrage ». Il y a souvent là de touchantes prétentions. Au vu des résultats, on est parfois embarrassé. Que la notoriété soit à ce point devenue synonyme de talent ne laisse de surprendre. C'est que la surface médiatique obtenue par une quelconque performance compte plus que la moindre preuve de cinéma. Ici, l'appétence vaut compétence. On moque souvent tel professionnel du *stand-up* qui, fort de son abattage sur scène, a cru bon de signer la réalisation d'une comédie dont il est le héros, avant d'aller la vanter sur tous les plateaux télé en riant lui-même de sa candeur. Mais celui-là est sincère, évidemment. Et s'il n'ose évoquer les exemples illustres, venus comme lui de la scène, de Charlie Chaplin à Jerry Lewis, de Woody Allen à Jacques Tati, il est sûr qu'il y pense et qu'il se recommande en secret d'une pareille audace. Le mythe du clown génial, perclus de solitude face au monde qui rit, n'a pas fini d'affûter des envies. Et les aspirations au plus grave « cinéma d'auteur » sont simplement suscitées par d'autres modèles, chacun le sien : Melville d'aujourd'hui, Bresson de demain, Scorsese de toujours. On rebat sans cesse les mêmes cartes en guettant celui qui aura la main.

Aujourd'hui, près de deux cent trente films français sont lancés chaque année sur le marché, comme autant de désirs en barbe à papa. Quelques-uns deviennent des aubaines commerciales : plus de vingt-cinq millions d'entrées dans le monde pour *Bienvenue chez les Ch'tis*... Beaucoup d'autres s'en vont mordre la poussière, ou se laisser porter par le vent obligé des industries de programme. Mais le succès d'un seul encourage tous les autres. Des experts volubiles de l'après-coup, des sociologues intouchés par le doute peuvent bien expliquer tout par tout, une innocence fondatrice demeure. Car tous font des efforts pour être mieux qu'ils ne sont. Et pour le moins réussi, le plus indigent d'entre ces films, il y eut bien un instant, une seule seconde peut-être, d'étincelle entre le projet, ses auteurs et ses producteurs.

Il y a quelque chose de douteux chez ceux qui se plaignent, à jet continu, qu'on édite trop de livres, qu'on produit trop de films. De quoi ont-ils peur à la fin ? De quoi se prévalent-ils eux-mêmes ? Cette déploration est inutile. Que chacun fabrique des images n'est en rien le signe d'une moindre affection pour le cinéma d'autrui. Les grandes salles et les grands films ne sont pas désertés au profit des tentatives amateur. Le nombre de « premiers films » ne cesse de s'accroître, comme autant de bouteilles à la mer. Les deuxièmes et troisièmes films, contingents du succès du premier, se raréfient déjà bien plus. Et les « carrières » de réalisateurs qui pouvaient aller, jadis, jusqu'à plus de cent films pour un John Ford, ou près de soixante pour un Claude Chabrol, ne sont carrément plus de mise. Le nombre des postulants est si grand, l'adaptation aux nouvelles donnes techniques, narratives et esthétiques, si bousculée par la multitude, que la longévité créatrice semble réservée à très peu d'élus dans le monde, vénérés alors comme de divins totems. Il n'y a pas beaucoup d'art contre beaucoup d'essais, et alors ? On ne peut pas faire meilleur éloge du cinéma qu'en saluant, partout dans le monde, ces prises de parole.

***Nous**... sommes des tours jumelles...*

Rien de religieux en dépit des rumeurs, rien de politique non plus au sens partisan : notre communauté est uniquement soudée par le cinéma. Hier blettes en sauce blanche. Aujourd'hui blettes à l'ail persillé. On peut dire que l'arrivage de blettes du Loir-et-Cher en direction de Rungis participe de manière substantielle à la nouvelle cinéphilie. C'est l'ami Yakup, un étudiant turc et rieur, qui, chaque semaine, vers 4 heures du matin, fait le détour avec son camion pour poser deux pleins cageots de légumineuses diverses devant notre porte. Sur sa dernière livraison, il avait laissé ce petit mot : « En hommage à Cocteau : “La belle et la blette”... » Yakup termine un mémoire de maîtrise sur « L'hypnose poétique à l'écran ». Mardi dernier, ses pommes de terre de la Nièvre étaient plus faciles à accommoder. Cette semaine, chacun notre tour dans la cuisine, nous nous sommes efforcés de rendre la blette attractive. Il eût fallu une viande. Mais les livreurs en boucherie sont rares parmi les adeptes de notre site.

Dans ce quatre-pièces HLM de Orly-Ville où nous sommes installés, nous tenons à une nourriture saine, prise ensemble à des heures régulières. Tant de collectifs ont été dispersés par l'abus de surgelés. Nous sommes peut-être la génération « micro-ondes, kebab et panini », mais pour nous, le repas, c'est un peu comme un travelling : une affaire de morale. Au point que nous avons déjà songé à mettre en ligne des « conseils culinaires aux colocs ». Mais, pour l'heure, nous avons trop à faire avec le cinéma. À notre démarrage, il y a un an et demi, nous étions deux seulement. Et ça ramait pas mal. Aller voir douze films par semaine à Paris, puis écrire sur chacun d'eux, l'ordi sur les genoux dans le train de retour vers Orly-Ville, ce n'était plus tenable. À cinq rédacteurs aujourd'hui, on est benèzes... à condition de rester industrieux. Chaque semaine, nous produisons la critique de tout ce qui est visible en salles et en DVD. Le *clubdescinq.com*, nous a baptisés un hebdomadaire, il y a peu. L'article se concluait de façon assez péjorative : « Dans le grand fourre-tout du Net, ce site postado à la cinéphilie d'appartement mélange toute l'histoire du cinéma avec tout son présent. Il compare sans effroi Dreyer avec Tarantino et Ozu avec Tim Burton, en se plaisant à décréter ce qui est juste et bon, pour le seul plaisir du saccage ou de la sentence définitive. » L'attaque n'était pas nouvelle. Et elle se justifie, du reste, venant d'une presse sur papier qui voit sans cesse son public décroître. Rappelons que ce n'est pas nous qui avons rendu tous les films disponibles, ni inventé le DVD, le téléchargement, les innombrables films du câble et le zapping permanent. Nous ne faisons qu'utiliser des possibilités offertes, puisque nous sommes nés dedans. À nous cinq, la somme de nos âges n'est jamais que de cent neuf ans. Ce qui est presque l'âge du cinéma, finalement.

Trois d'entre nous ont fait une hypokhâgne. Deux autres traînaient en fac de lettres, avec un pessimisme croissant pour les métiers de l'écriture. L'une de nos profs en « option cinéma » écrivait dans une revue célèbre. Femme sans cou, la tête dans les épaules, on l'appelait « la Pingouine », vu son penchant pour les filles. Mais son expertise de Murnau et des classiques allemands était remarquable. C'est elle qui nous a conseillé d'agir en « spartakistes » et « d'aller nous faire voir sur les sites ». Nous avons opté, alors, pour cet anonymat rigoureux. Nous avions par trop constaté l'invraisemblable forêt d'ego, tous hostiles les uns aux autres, que constitue la critique française. Si tous les quotidiens rivalisent entre eux, dans un même journal la page cinéma peut se voir déchirée entre le style gourmé de l'un et l'idolâtrie people de l'autre. Les magazines, de leur côté, se combattent à coups de unes réservées aux films les plus « porteurs ». Leurs rédacteurs se méfient du zèle des pigistes qui redoutent le dédain des plus anciens. Tous ensemble, ils ignorent les revues spécialisées. Lesquelles survivent grâce à la prose d'universitaires mal payés et perclus de discordes antiques. Mais ceux-là se veulent seuls garants d'une vision scientifique du cinéma, contre la vulgate journalistique.

Aussi avons-nous décidé que nos textes seraient vierges de toute signature. Nos habitués savent quels cinéphiles nous sommes. Nous en donnons des preuves réactives, plusieurs fois par jour. Chacun peut donc apprécier la radicalité de ce « nous », devenu entité collective. Lorsque surgissent des désaccords, ils sont épluchés en commun sur la table de la cuisine, en même temps que les patates ou les blettes. Le cas échéant, chacun précise ses vues, dans un « match critique » très apprécié sur notre site. Avec pour seule règle de ne jamais ironiser contre l'argument opposé. De même, la mise en commun de cet appartement à Orly-Ville n'obéit qu'à la seule nécessité économique. L'un d'entre nous l'a obtenu par son oncle qui travaille à la mairie. Lequel oncle croit avoir aidé une famille de réfugiés et ne sait rien de notre collectif. De même, les ombres qui vont et viennent en bas de notre HLM ignorent tout de nos activités. En revanche, elles savent qu'on ne dénoncera pas leurs trafics de substances diverses. Du coup, elles nous protègent mieux que des sentinelles.

Deux d'entre nous, inscrits en doctorat, sont encore boursiers. Les trois autres sont aidés par leurs parents, qui soutiennent nos activités. Tel père promoteur couvre notre loyer, moyennant une annonce « Votre résidence en baie de Somme » peu contraignante pour nos contenus. Tel cousin germain, webmaster dans la pub, nous a confectionné à l'œil tout le visuel et l'arborescence de notre site. Ainsi vivons-nous chichement, dans la stricte observance des horaires et des tâches.

L'honnêteté de nos vues est connue de tous sur la Toile. Notre rigueur fléchit seulement sous quelques contraintes, dictées par la survie.

Un grand distributeur de meubles à monter soi-même ne s'est jamais aperçu que cinq bureaux individuels manquaient à sa gestion des stocks. L'un des nôtres, doué en informatique, a pu tout effacer, à l'occasion d'un stage dans l'entreprise. De même, les puissants ordinateurs sur lesquels nous travaillons ne sont jamais parvenus à leur vrai destinataire, une PME de produits herbicides. Ce genre de détournements nous oblige à la plus grande vigilance contre toute dérive. Car rien ne doit nous distraire du cinéma. Pas même les arrivages, parfois incongrus, qui tombent du camion. Ainsi, l'ami Yakup a cru bien faire, cet hiver, en déposant à notre porte douze mètres cubes de bois de chauffage, assortis de ce petit mot : « Le poêle à bois… et la caravane passe. » Notre HLM étant chauffé au gaz de ville, les bûches ornent encore notre balcon comme une ferme du haut Doubs.

Côté vie personnelle, deux d'entre nous sont gays et occupent la même chambre. Deux autres ont chacun la leur, à chaque extrémité du couloir, car l'un est propalestinien. La cinquième, unique fille du groupe, vit chez sa sœur à trois minutes en skate. Notre plus vaste pièce est le salon, aménagé en rédaction miniature. Nos cinq bureaux sont entourés de Post-it, photos d'acteurs ou affichettes de films et nos murs étagés de bouquins, dossiers de presse et DVD. Le plus frappant dans cette pièce, c'est notre silence au travail : chacun en réseau sous son casque et devant son écran. Nous restons ainsi des jours entiers, au coude à coude sur vingt-cinq mètres carrés, dans une stabulation muette seulement dédiée à la rumination du cinéma en ligne : le rêve accompli d'une autarcie critique et anonyme dont rien ne saurait couper le fil. La dimension limitée de nos écrans est compensée par le relief sonore dans nos casques. Ainsi, l'image numérique peut rivaliser avec la projection optique. C'est encore plus vrai pour les classiques, en DVD « remastérisés », que nous chroniquons dès leur parution. Aujourd'hui, pléthore de films anciens ressortent dans une livraison jamais vue à leur époque : sans la moindre scorie ni écorchure. « Ouais. Mais, du coup, le *Mabuse* que vous m'avez fait acheter, on le dirait botoxé comme une vieille Niçoise », nous a mailé un de nos adeptes des Alpes-Maritimes. Le même nous envoie des montages, bricolés de sa main, qui mêlent des gros plans pornographiques piqués dans des films X à des scènes d'amour classiques avec Kim Novak ou Martine Carol. Impossible de mettre en ligne de tels outrages. Non seulement pour d'évidentes questions de droits, mais pour la seule logique des choses. Comment peut-on d'un côté critiquer la réfection flamboyante du patrimoine et de l'autre souiller ce qui fut vénéré, juste par amusement ? Le débat a fait rage plusieurs jours sur notre site. Nous y avons mis un terme par ces mots : « En ce qui nous concerne, nous respectons l'intégrité des œuvres, leur magie du début à la fin. Génial ou bancal, le film est un individu. Nous pouvons discuter de la multitude de ses composants, sans oublier que chacun d'eux est tendu vers un tout qui est le film lui-même. C'est l'essence du cinéma que d'être indivisible... » Cette orthodoxie autorise pourtant l'« exception pédagogique ». Avec l'accord d'un petit éditeur DVD, nous avons conçu une séquence « analyse de film », à partir du beau documentaire *La visite de l'Indonésie à dos d'éléphant*. Réduisant l'image ou l'agrandissant, écrivant dans sa marge ou juxtaposant deux instants, notre commentaire off s'ajoute à la chair même de l'œuvre. C'est lumineux et passionnant. La question reste néanmoins posée de savoir qui ça intéresse.

Disons-le franchement, l'exégèse du cinéma ne captive pas les foules. En revanche, le nombre de « clics » sur notre site est infiniment plus grand depuis que l'on a agrémenté nos pages de petits détournements cinéphiles. Prudents bien sûr, car ils ne doivent léser aucun droit. Ainsi, la commémoration à New York des dix ans du « 11 septembre » nous a inspiré un bref clip d'après Jacques Demy. La chose était rudimentaire. Sur des images, partout disponibles, de la *Twin Towers attak*, nous avons enregistré cette version détournée de la chanson célèbre :

Nous sommes des tours jumelles,
Tuées sous le signe des corbeaux,
Mi fa sol la mi ré, ré mi fa sol sol sol ré do

Nous manquons à l'appel.
Des barbus nous ont mis K.O.
Mi fa sol la mi ré, ré mi fa sol sol sol ré do

C'est la fille de notre groupe qui chantait *a cappella* avec une amie, devant un micro installé dans la cuisine. Cela nous a valu un triomphe de retours favorables. Seule « la Pingouine » a signé un avis courroucé, le dernier qu'elle nous ait fait parvenir : « Votre pastiche vulgaire et provocateur, à mille lieues des analyses qu'il vous arrive de produire, me contraint à vous abandonner à tout jamais. » Mais l'enthousiasme de tous les autres était tel qu'il nous oblige à continuer. Aussi, depuis plusieurs mois, nous agrémentons nos critiques rigoureuses d'une rubrique d'environ deux minutes, devenue vedette de notre site.

Il s'agit d'un dialogue à deux personnages, inspiré d'un film de l'actualité, qui parodie une scène phare avant d'en produire la critique aussitôt après. Avec une petite caméra, deux spots et un fond bleu tendu sur le mur de leur chambre, nos deux amis gays s'en donnent à cœur joie. L'un tient tous les rôles féminins, l'autre tous les emplois virils. Le fond bleu sert à incruster derrière eux le décor de la scène, repiqué du vrai film, via sa bande-annonce disponible sur le Net. C'est fou à quel point une seule image peut « ambiancer » tout le reste. Ainsi, chaque mardi, la fille de notre groupe maquille nos deux protagonistes, ajuste leurs postiches, leur fait répéter les dialogues qu'ils ont écrits dans la nuit. Un seul plan fixe les voit s'affronter, imitant Ben Stiller ou Angelina Jolie, Audrey Tautou ou Jean Dujardin, dans des tandems savoureux et gentiment taquins qui parlent de scénario, de réalisation ou de jeu d'acteur. Ces deux minutes plutôt bon enfant se téléchargent aujourd'hui sur des centaines de portables lycéens et nous valent d'innombrables louanges. Véritable « produit d'appel » pour notre site, leur côté amateur les rend d'autant plus familières aux publics concernés. Chaque semaine elles invitent ceux qui nous suivent à en faire autant. Ainsi, nous ne comptons plus les « *You Talkin' to me ?* » de De Niro auvergnats, les « bravo, biloute ! » de ch'tis vendéens ou les « pom-pom-pidou » de Marilyn du Vaucluse, que nous classons en « concours d'imitations ». Du coup, les très authentiques critiques de films qui paraissent à côté sont d'autant plus lues. Ainsi sommes-nous devenus des « passeurs » certifiés vers le cinéma. Car nous touchons à domicile des publics jeunes et consommateurs, de façon plus intime et directe qu'aucun média n'a jamais su le faire.

Cela ne passe pas inaperçu auprès des professionnels du secteur. De plus en plus nombreux, ils nous le font savoir par des encouragements concrets. Des distributeurs importants ont commencé à nous inviter à des projections en « avant-première », sans cacher que, pour leurs services marketing, le réseau des débats sur la Toile participe au « bruit médiatique désormais essentiel à l'installation d'un film ». Avouons que, dans un premier temps, être ravalés au niveau d'un « bruit » nous paraissait peu flatteur. Mais, de fait, nous étions battus de vitesse par les médias traditionnels et leurs propres sites, leurs journalistes voyant les films en projection de presse, un mois avant nous. Cela créait de l'impatience chez les affidés de notre site, partagés entre le désir de connaître notre avis au plus vite et le respect de notre intégrité. Aussi, juste pour voir, nous avons souscrit à l'invitation des distributeurs. Trois semaines avant sa sortie, nous sommes allés visionner un blockbuster américain parmi cinq cents jeunes spectateurs abonnés d'un magazine. Sortis enthousiastes, nous avons eu le temps de forger notre propos en l'illustrant des photos et bandes-annonces, obligeamment fournies par le service de presse. Et ce que nous avons publié, une semaine avant la sortie du film, a connu un impact sans précédent.

Naturellement, quelques questions ont fusé sur notre blog, visant à savoir si nous étions « vendus à la pub » et devenus des « suppôts du marché ». Yakup nous a tancés à sa manière : « Le marketing est redoutable, les copains. Il peut tuer l'art et condamner Fred à s'taire... » Mais notre sincérité sur le film et notre réputation ont plaidé pour nous. D'où cette affirmation réitérée en lettres capitales, au fronton de notre site : « Seul l'amour du cinéma nous mène. » Ce qui ne nous empêche pas de démarcher tous les distributeurs désormais, pour qu'ils nous montrent leurs films à l'avance. Car nous voici bel et bien conduits à professionnaliser notre geste. Ce n'est pas trop tôt, au regard des sacrifices accomplis et des dix-huit mois passés dans cette HLM. La comptabilité des clics sur notre site développe la commercialité de l'ensemble. Et, de fait, la publicité commence à nous solliciter. À 5 euros perçus pour mille clics, nous sommes encore déficitaires. Mais deux amis qui terminent HEC viennent désormais nous conseiller trois fois par semaine. Ils assurent que cette stratégie de « montée en charge » progressive est la meilleure, que la gestion de notre espace publicitaire devrait rendre notre site rentable d'ici un an, environ, et permettre de salarier, au moins, deux d'entre nous. Avec eux, également, nos réflexions avancent sur la déontologie, à laquelle nous sommes si attachés. Notre travail de « passeurs » ne nous oblige à aucune indulgence coupable vis-à-vis du cinéma. Plutôt à une compréhension adaptée aux objectifs de chaque film. Trop de critiques agissent en « censeurs » irresponsables.

C'est pourquoi nous préférons toujours l'information positive aux jugements arbitraires. Notre premier devoir est de faire partager notre enthousiasme sur ce que nous aimons. Y compris pour des films qui n'ont pas encore vu le jour. Nos amis distributeurs l'ont compris. Mardi prochain, deux d'entre nous s'envolent tous frais payés pour Los Angeles. Ils vont assister au premier jour de tournage du nouvel opus de Steven Spielberg. Seuls deux autres sites concurrents ont été retenus pour le voyage, ainsi que deux mensuels et un hebdo généraliste. En ce qui nous concerne, nous nous sommes engagés par contrat à ne rien publier de négatif sur le film et à respecter tout embargo de presse avant sa sortie. Ce qui est bien le moins, au regard de l'énorme attente créée par ce reportage chez nos habitués. De son côté, notre duo déguisé vient de se voir proposer la diffusion régulière de son « pastiche critique » sur une chaîne du câble, avec force liens vers notre site, évidemment. Nous en sommes à ce point de notre avancée. Nos amis d'HEC nous promettent de nouvelles embauches d'ici peu, pour renforcer notre quintette. Des fonds de pensions anglo-saxons ont déjà été sollicités, dans le but de lever de nouveaux financements. Notre obstination n'a jamais été aussi proche de son but : vivre avec, pour, dans et surtout… par le cinéma.

Hier, à Orly-Ville, nous avons reçu une carte postale non signée, en provenance de Izmir, en Turquie. Deux mots seulement y étaient inscrits : « Moderato comptabilité ! », qui paraphrasaient le titre d'un vieux film de Peter Brook d'après Marguerite Duras (*Moderato cantabile*). Une tournure bien dans les façons de notre ami Yakup, que nous ne voyons plus nous apporter des cageots de blettes ou de patates. Ce que nous regrettons, bien sûr. Mais personne n'a compris ce qu'il cherchait à nous dire…

Mot culte... sur la commode

« Quand on mettra les cons sur orbite, t'as pas fini de tourner », prophétisait Jean Gabin à Robert Dalban dans *Le pacha*. C'était une « réplique culte », comme on l'a dit longtemps. Elle était signée Michel Audiard qui en avait façonné bien d'autres, vu qu'on l'employait pour ça. Il y a peu de temps encore, d'innombrables phrases du genre étaient éditées dans des recueils ou imprimées sur des tee-shirts. La « réplique culte » se revendiquait comme un slogan. Certains l'apprenaient par cœur et tentaient de s'en servir dans la vraie vie, contre un subalterne empêtré ou un collègue encombrant. Ça ne marchait jamais, bien entendu. Car la repartie de cinéma n'était efficace qu'au cinéma, dans une situation préparée, avec la posture qu'il fallait et l'acteur adéquat. Mais on se la récitait quand même, en rêvant au jour où l'on pourrait la produire devant un tiers, bien moulée et bien drue, avec l'aplomb d'un Gabin, d'un Ventura ou d'un Blier.

Le cinéma d'aujourd'hui fabrique-t-il moins de bons mots, ou serions-nous moins enclins à nous en repaître ? La question mérite d'être posée. Car force est de constater que les nouvelles « répliques cultes » en provenance du grand écran font nettement moins florès dans les cantines d'entreprise ou les pots de départ. Là, pas besoin d'une thèse sorbonnarde sur « l'atomisation du champ lexical dans les parlers populaires ». Naguère, en une seule case du dimanche soir, la France entière pouvait revoir un même film pour la douzième fois. Les répliques se cristallisaient alors en nos mémoires, comme autant de psalmodies. Et le culte s'ensuivait, par imprégnation des cantiques. La multiplication des chaînes de télévision a dispersé les audiences. Et donc notre attention à ces fleurs de rhétoriques, devenues maximes attrape-tout. Puis les grandes mutations urbaines, les innombrables apports d'une France métissée ont fini par détricoter tout le bidule. Du coup, si la verve parlée est bien toujours présente, ici ou là, au cinéma, elle ne vient plus des mêmes sources, ne se répand plus avec la même vigueur et disparaît bien plus vite. Verlan, rebeu, rap, hip-hop et mille autres influences impossibles à répertorier ici ont largement investi l'inspiration des dialoguistes professionnels. Lesquels, d'ailleurs, n'existent plus guère en l'espèce. « Scénario et dialogue » ont tendance à se fondre aujourd'hui en une seule et même fonction, dans une tentative permanente de rattrapage qui court derrière le parler quotidien plutôt qu'il ne le devance. Bref, à l'opposé des « cons sur orbite », l'usine à « mots cultes » a bel et bien fini de tourner. Et la vente massive, en DVD, du film *Les tontons flingueurs* est peut-être bien le symptôme de l'enterrement du genre. Un peu comme la couronne tressée aux aïeux : c'est le « mot culte » posé sur la commode.

Ici, rappelons au passage qu'un Audiard n'écrivait pas dans l'argot cher à Albert Simonin. Et encore moins dans quelque langage hérité des banlieues. Il inventait de toutes pièces un verbe bien à lui, piqué de formules aux scansions définitives. Les acteurs se gorgeaient de son travail comme d'un heureux nectar, avant que l'expression s'en aille courir les zincs de bistrot et les préaux d'école.

Seulement, voilà : à partir du moment où, dans le langage courant, le fou est devenu un « ouf », la femme une « meuf » et le louche un « chelou », il n'était plus guère possible de stabiliser un parler sur la Toile. Un parler devenu si vivant et bouillonnant de son côté qu'il semble plutôt s'ingénier à fuir toute règle ordinaire. C'est criant, par exemple, chez les personnages de policiers à l'écran, qui se voient sans cesse obligés de traduire au voyou les mots du juge, au juge les mots du voyou et au spectateur le sabir de chaque camp. Du coup, le pauvre poulaga du cinoche se voit tourneboulé comme jamais : le voici cultivateur d'un champ sémantique où rien de durable ne veut plus pousser. Aussi, rien ne paraît plus daté qu'un polar français d'il y a seulement trois ou quatre ans. Mais là, attention, aucune nostalgie dans cette remarque.

Aucune déploration des armoiries perdues, bien au contraire. Car une nouvelle aventure est en marche aujourd'hui : celle d'aller chercher la langue ailleurs que dans la langue.

Comme Jacques Prévert ou Francis Jeanson avant lui, Michel Audiard inventait des répliques qui constituaient la chair poétique de ses personnages et donnaient l'impression de contribuer à l'architecture même du récit. C'est qu'il était aussi scénariste et des plus compétents. Mais son activité de dialoguiste occultait tout, au point qu'il n'est plus connu que pour ça. Ce n'est sans doute pas un hasard, aujourd'hui, si son propre fils, Jacques Audiard, écrit et dirige des films dont les dialogues se mettent très peu en avant. Beaucoup plus que les mots, c'est la structure interne du récit, la trouble indétermination de ses héros et la superbe polysémie de leurs actes qui nous subjuguent dans *Sur mes lèvres* ou *Un prophète*.

Plus généralement, tout se passe désormais comme si la phrase au cinéma était elle-même devenue suspecte. Son lexique, sa métrique, sa prosodie sont constamment battus en brèche par la quête d'une vérité intérieure qui semble ne plus pouvoir se dire que « hors les mots ». Et ce, quel que soit le personnage représenté, bourgeois ou prolétaire. D'où le nombre de locutions avortées, interruptions, ruptures, échappements et suspensives de toutes sortes, qui viennent rompre la livraison du dialogue moderne. Lequel se nourrit plus volontiers de phrases toutes faites, ou bel et bien repiquées de la rue, que des tournures « sur mesure » d'antan. Oh, il reste bien quelques trousseurs de verbe, de Bertrand Blier à Michel Blanc, pour faire saillir çà et là des constructions truculentes. Nous leur en sommes reconnaissants au passage. Mais ce n'est pas leur faire injure de dire qu'ils pratiquent là un cinéma « comme avant ». Partout ailleurs, le prêt-à-porter du langage se fait moins créatif. Et cela, délibérément. À croire que Freud et Lacan sont passés par là.

Aujourd'hui, le corps secret et ses désirs sous-jacents parlent mieux que la parole. Et ce qui est prononcé vaut moins que ce qui est perçu. Comme l'avait joliment anticipé Roland Barthes dans *Le plaisir du texte* : « Tout écrivain [*de cinéma, en l'occurrence*] dira donc : *fou ne puis, sain ne daigne, névrosé je suis*. » Et son personnage est comme lui : à l'écoute de ses propres maux sous les mots, avec l'impulsion qui viendra au comédien au moment de la prise. Ainsi la mise en scène devenue toute-puissante peut-elle s'en aller chercher, toujours plus profond, la substance foncière et primale d'un parler, quitte à dédire le verbe initialement écrit pour lui. En clair, le dialogue de cinéma aujourd'hui, c'est la fumerolle qui s'échappe du chaudron sur le feu. L'essentiel reste dans la marmite, parce qu'il est indicible. Les techniques de prise de son, qui captent désormais le moindre soupir, l'inflexion la plus compromettante, ont fait le reste. La belle cohérence des langages cultivés s'y voit défiée pour guetter une sourde trivialité, et la croûte noire des locutions populaires pour traquer une noblesse cachée. Ainsi, caméras et micros transperçant le maillage des mots pour traquer le « sous-texte », c'est presque à se demander si le cinéma d'aujourd'hui n'est pas en passe de redevenir mutique, si bruyant qu'il soit. Jacques Prévert, en son temps, avait déjà rendu hommage à un « espéranto du silence » dans le cinéma d'avant lui. De son côté, le film dit « d'action » a également contribué à la faillite du mot, en dézinguant à tout-va le parleur au profit de l'acte sans cesse sublimé. De fait, le verbe s'est fait chair et le corps s'est mis à parler sans aucun truchement.

Aussi, sans jouer les devins, il est en tout point prévisible qu'un jour proche viendra où un pur *mainstream* à visée planétaire s'en ira « redécouvrir » les voluptés du cinéma sans paroles. Un cinéma plus bavard, en vérité, que celui des meilleurs dialoguistes, mais fait, comme jadis dans le muet, de tous les mots non audibles que le spectateur voudra bien prêter aux figures qui bougeront devant lui... Et peu après, c'est probable, sur un autre film, un mot reviendra, puis beaucoup d'autres mots, sur nombre d'autres bouches. Des Guitry mexicains, des Pagnol du Caucase réapparaîtront. Et la boucle sera ainsi bouclée d'un cinéma à jamais terrifié par l'idée de sa propre aphasie. Un cinéma en quête perpétuelle de signes lancés au monde, prononcés ou tus.

Vous*... dans la fiction si réelle*

Vous avez chaud. Ce même jour de mars 2011, à Tokyo c'est l'apocalypse autour de la centrale nucléaire après le tsunami. À Benghazi, c'est le massacre des insurgés par les troupes de Kadhafi. À Paris, c'est le doux soleil d'un printemps précoce. Le monde est plus absurde que jamais et vous n'auriez jamais dû garder ce pull-over sous la veste... Vous venez de quitter le métro et son odeur de graisse mécanique. Vous entrez dans l'espace des Halles et son odeur de sucre vanillé. Vous marchez un moment parmi la foule et les vitrines de baskets : jamais il n'y aura assez de pieds sur la planète pour autant de baskets à vendre... Vous arrivez en sueur devant l'UGC Ciné Cité. Vous avez choisi de voir *Fighter*, d'après cette histoire vraie sur un boxeur entraîné par son frère, ancien boxeur lui-même. Vous avez dûment repéré l'horaire qui vous convenait : 15 h 55, dans ce multiplexe en sous-sol dont vous n'avez pas trop l'habitude.

Vous êtes pile à l'heure. Mais vous avez couru

pour rien. La salle affiche déjà « complet ». Décidément, les réservations électroniques sont la plaie du spectateur occasionnel. C'est exaspérant. La prochaine séance est à 18 h 10. Vous n'avez pas envie de poireauter deux heures dans ce sous-sol géant pour vendeurs de baskets. Vous voilà contraint de choisir un autre film... *L'assaut* vous tend les bras, sur ces terroristes du GIA qui, en 1994 à Alger, prirent en otage un Airbus contenant deux cent vingt-sept personnes... Ou bien *Le discours d'un roi,* sur le père de la reine Elizabeth, affligé d'un handicap de la diction... Ou peut-être *Le rite,* sur ce séminariste qui assista à des cours d'exorcisme au Vatican. Ou encore *Waste Land,* sur cet artiste brésilien qui photographiait les décharges publiques de Rio. Les films du Ciné Cité Les Halles s'alignent en affiches toutes pareillement calibrées : il y en a près de vingt au total.

Vous aviez choisi *Fighter* sur la seule foi de l'horaire et du bref résumé de *Pariscope*. C'est le seul guide que vous vous autorisez. Vous lisez pourtant beaucoup la critique, dans les deux hebdomadaires et le quotidien du soir auxquels vous êtes abonné. La critique a toujours quelque chose à vous apprendre. Et vous réajustez souvent votre avis quand vous l'avez lue. Mais... après le film, jamais avant. Vous aimez entrer dans la salle le plus vierge possible. C'est l'objet d'une maniaquerie pointilleuse chez vous. L'idée qu'on puisse attenter à votre innocence par l'exhibition de quelque partie d'un film vous insupporte. Les bandes-annonces, par exemple, que vos deux fils consultent sans cesse sur leur portable, vous détestez ça, au point de refuser désormais d'aller au cinéma avec eux. De toute façon, ils sont mariés maintenant. Et ils ne vous le proposent plus. Mais vous regrettez ce temps où vous les emmeniez découvrir des nouveautés dont nul dans la famille n'était prévenu à l'avance. Car votre épouse se tenait dans la même connivence. Quand son cancer du sein l'a emportée, il y a trois ans, vos fils vous l'ont d'ailleurs reproché en termes crus : « Toutes les radios que maman n'a pas passées, c'est comme les bandes-annonces que tu ne veux pas voir : une façon de ne pas regarder le monde en face... » C'était injuste, mais il y avait du vrai. Le plus souvent, au cinéma, vous attendez le dernier moment pour entrer dans le noir : après toutes leurs salades publicitaires... Allez, dépêchez-vous maintenant : vous êtes devant les salles depuis cinq bonnes minutes, à détailler les résumés de votre guide. Une voix de femme retentit doucement près de vous.

— Vous avez remarqué ce nombre de films « tirés d'une histoire vraie » ? C'est incroyable... mais vrai, en l'occurrence. À mon avis, ça tient à cette inquiétude qui se répand partout. Les gens se raccrochent au réel. Si noire qu'elle soit, la réalité est plus rassurante que la fiction...

Vous ne l'aviez pas vue venir. Elle s'est glissée près de vous en vous parlant à voix basse, comme si elle vous connaissait depuis toujours. Son visage ne vous dit rien. La soixantaine, anorak beige et pantalon assorti, lunettes à montures dorées, cheveux courts méchés de blond : le genre ancienne instit, à coup sûr.

Partout en France, les retraités de l'enseignement hantent littéralement les après-midi des cinémas. Vous-même en êtes la preuve. Homme de soixante-six ans encore alerte, vous traînez votre passé de prof de français au lycée Charles-de-Foucault, un peu comme l'escargot traîne sa coquille : avec une nette propension à vous rencogner à l'intérieur, dès qu'on vous sollicite. Ainsi, vous détestez les importuns : touristes perdus, Roumains éplorés, tapeurs de cigarettes, vous les fuyez tous comme la peste. Non par égoïsme : vous donnez beaucoup de votre temps à de nombreuses associations. Seulement pour qu'on vous foute la paix dans la ville.

Vous vous écartez d'elle, le visage fermé, pour parcourir à nouveau votre *Pariscope.* Mais votre mutisme semble plutôt l'encourager. Elle revient près de vous avec la même voix doucereuse.

— ... La complexité du monde est devenue si grande et nous sommes tellement assiégés d'images que chacun, partout, cherche un chemin de cohésion... Ce cinéma inspiré de la réalité nous permet de nous poser un peu, de manière attentive, devant une expérience et une seule, vécue par des humains comme nous...

Ça y est : c'est une allumée mystique. Dans une minute, elle va vous vendre son Église ou sa secte. Vous avez une envie subite de lui abandonner la place et de ficher le camp. Mais... pourquoi, après tout ? Vous êtes venu voir un film. Le cinéma est aussi fait pour échapper aux intrus de toutes sortes. Alors, vous avancez vers la file la plus proche. Celle de *L'assaut*...

Et l'inconnue vous emboîte le pas, sans cesser de parler.

— ... Quel que soit leur destin, ils peuvent se montrer lâches, vaniteux ou héroïques : ils sortent du même monde que le nôtre... ils nous rassurent, parce qu'ils attestent de drames circonscrits et de solutions possibles... Pendant deux heures, on va traiter de leur cas spécifique et tenter de débrouiller les choses avec eux... D'un coup, on n'est plus hanté par la question du vraisemblable, ce qui nous enlève un gros poids : c'est attesté, ça s'est produit, on peut se laisser aller en confiance... il ne reste qu'à comprendre comment ces gens se sont dépatouillés... ça joint le pragmatique à l'agréable... c'est peut-être l'influence de la télé-réalité, allez savoir... en tout cas, dans ce genre de film soumis au réel, ce qui paraît le plus intime, le plus local, le plus impartageable, devient vite le plus universel, puisqu'on sait que c'est vrai... pas besoin d'une culture antérieure ou de plein de références... Vous êtes d'accord avec moi ?...

— Heu... D'une certaine manière, j'ai envie de dire que... oui...

Vous avez lâché ça au hasard, dans une tentative idiote de la faire taire, par approbation en quelque sorte. Son langage est plutôt cultivé. Et sa démonstration, pas mal formulée, n'était pas dénuée de fondement. Sans vraiment l'écouter, vous l'avez quand même entendue. Dans un débat normal, au ciné-club du Studio 28 où vous allez de temps en temps par exemple, vous auriez très bien pu y souscrire, peut-être même y renchérir, au besoin. Mais ici, cette insistance à venir pérorer au hasard dans votre oreille de quidam, avec ce débit trop calme et posé de névropathe, c'est bien le signe d'une dinguerie totale… Ancienne instit, allumée de Dieu ? Peut-être pas, finalement. Plutôt le genre psycho-sociologue, ou quelque chose comme ça. Mais avec un vrai grain dans la cafetière… Elle murmure son soliloque dans une sorte d'intimité troublante, de manière que quiconque, vous voyant tous les deux dans cette queue pour *L'assaut*, pourrait jurer d'une banale conversation de couple dans une file de cinéma ordinaire.

Vous avez bêtement lâché que vous étiez d'accord avec elle. Alors, elle continue, comme de juste, en guettant le moindre signe sur votre profil de plus en plus fermé.

— … Les histoires fabriquées pour distraire sont trop volatiles… les faits réels ont le mérite d'être lestés par un vécu, plus prosaïque somme toute et admissible par tous, à égalité de chance avec nos vies puisque ce sont des faits… avant, on allait au cinéma voir des romances… roses ou noires, on savait qu'elles n'étaient que des hypothèses, des simulacres plus ou moins réussis… et on tentait ensuite de rapprocher nos petites vies au plus près des fictions… bref, on rêvait… aujourd'hui, on se demande tellement si nous-mêmes existons qu'on s'en va chercher du vrai sur l'écran pour nous ramener un peu sur terre et redonner du crédit à nos vies, telles qu'elles sont... En somme, le cinéma devient une sorte de vérité étalon à nos existences jonchées d'improbable... Vous êtes toujours d'accord avec moi ?...

Cette fois c'en est trop. Votre exaspération a monté, à mesure de la pertinence de sa thèse. Car c'est bien une thèse qu'elle récite là, c'est certain. Un truc appris par cœur, allez savoir : on dirait un livre... Aussi, dans la terreur qu'elle embraye à nouveau, vous faites un grand pas ostensible en avant, dans cette file de *L'assaut* qui commence à diminuer. Pour bien montrer votre agacement et vous détacher d'elle à jamais. Mais la voilà qui se replace déjà à vos côtés, pour reprendre sa logorrhée.

— Vous savez qu'on ne voit presque jamais Vincent Elbaz dans *L'assaut,* tellement il est harnaché dans sa tenue de combat... Vous allez me dire : c'était forcément comme ça dans la réalité, un assaut dans un Airbus, ça ne se fait pas sans protection... Sauf que, moi, je l'aime bien Vincent Elbaz... Et là, j'avais beau savoir que c'était lui sous le casque vitré, il m'a beaucoup manqué... À mon avis, vous devriez plutôt aller voir *Le discours d'un roi*, parce que au moins, Colin Firth, on le voit bien en George VI handicapé de la parole. Il a même eu l'oscar... D'ailleurs là, c'est peut-être le paradoxe de cette tendance que j'énonçais : on veut des histoires vraies, mais jouées par des acteurs qu'on connaît et qu'on aime, comme un double crédit en quelque sorte…

— Vous voulez bien me ficher la paix, s'il vous plaît ?

Cette fois, tout vibrant de colère, vous venez de la fixer dans les yeux, en haussant la voix devant tout le monde. Que cette tarée intrusive vous dise quoi aller voir, c'en est trop. Elle s'est tue sur-le-champ. Mais plusieurs personnes de la file se sont retournées en vous dévisageant.

Un temps passe encore. Vous arrivez enfin devant la caissière.

— Monsieur, c'est pour quel film ?…

— Heu… attendez, je ne sais plus… Un truc que je peux voir tout de suite.

— Tout de suite, vous avez *L'assaut* : 22 places, *Le discours d'un roi* : 16 places et *Le rite* : 37 places.

— Un ticket pour *Le rite,* s'il vous plaît, improvisez-vous en misant au hasard sur un des films pas encore éventé par la folle.

— Madame est avec vous ? demande la caissière en la voyant qui vous colle maintenant au plus près, avec un sans-gêne inouï.

— Non, madame n'est pas avec moi !… Je ne la connais pas !… Et j'aimerais bien qu'elle me lâche la grappe !

Vous avez hurlé ces mots de plus en plus fort. Le silence qui suit en impose à toute la file derrière vous. Vous ramassez votre monnaie sous les yeux effarés de tout le monde. C'est vous, bientôt, qui allez passer pour un malade mental. Déjà, des spectateurs vous désignent du menton. Un grand baraqué de la sécurité vous toise de loin. La dingo, de son côté, ne semble en rien affectée. Elle sourit doucement, comme pour minimiser votre éclat devant la caissière qui l'interroge du regard avec un air compatissant. Alors, furieux de votre propre ridicule et plus seul que jamais, vous vous précipitez vers les entrailles du cinéma.

Votre salle est un étage plus bas, après un dédale de couloirs. Selon votre habitude, vous ne voulez surtout pas voir les bandes-annonces. Alors, vous vous engouffrez dans les toilettes pour attendre le bref noir de l'entracte. Au-delà de soixante ans, le mâle humain pisse plus que jamais auparavant. Vous prolongez votre lavage des mains par une aspersion d'eau sur le visage dont vous avez grand besoin. Ainsi, vaguement rasséréné, vous gagnez la salle dans l'obscurité. Et vous vous calez enfin dans votre siège, au moment pile où paraît le logo du distributeur.

Le générique est à peine entamé qu'une ombre s'assoit à vos côtés. Et vous reconnaissez aussitôt son chuchotement insidieux.

— *Le rite*, c'est un truc très « Hollywood », je vous préviens. Anthony Hopkins fait rarement dans la dentelle... En fait, c'est l'adaptation d'un documentaire français d'après une histoire vraie, que j'ai vu et qui était très bien... Mais là, on est plutôt dans le genre exorcis...

La femme a stoppé net son caquetage, parce que vous vous êtes levé d'un bond. Vous l'avez déjà saisie à la gorge. Et vous serrez de toutes vos forces.

Son glapissement ne dure pas longtemps. Des

spectateurs se précipitent et vous ceinturent d'autorité. Vous résistez. Des coups pleuvent, dont un très fort qui vous sonne à moitié. Votre arcade sourcilière est en sang. De nombreux cris retentissent dans le noir, mais le film n'est pas interrompu. Deux types de la sécurité arrivent, vous saisissent à leur tour et vous traînent en vitesse vers la sortie. Ils vous plaquent à terre, sur la moquette puante près des toilettes, la basket de l'un appuyant en force sur votre visage ensanglanté. Un long moment s'ensuit, sans un mot échangé. Seulement rempli du souffle rauque des costauds qui vous tiennent terrassé. Puis la police arrive. Sans ménagement, on vous passe les menottes. Quand, ainsi entravé, on vous mène au commissariat Saint-Eustache, vous tentez de bredouiller des explications. Mais personne ne vous écoute. On vous entendra en temps utile.

Onze heures de garde à vue plus tard, le lendemain matin, votre tête résonne encore de toutes les phrases prononcées pour justifier votre geste. Sans succès. Une femme a déposé plainte contre vous, pour agression à main nue sans raison apparente et tentative d'étranglement... Jamais jusqu'alors vous n'aviez porté la main sur quiconque, ni jamais eu affaire à la police pour quoi que ce soit... Par un beau jour de mars, vous étiez allé au cinéma voir *Fighter*, inspiré d'une réalité sur la boxe. Vous ne l'avez pas vu. Mais un autre réel, à cheveux courts méchés de blond, vous a rattrapé. Bien plus absurde et improbable, en vérité, qu'une fiction.

Papier impuissant, pixel pathétique, humain rêveur…

La déforestation de la planète doit pas mal au cinéma. Pour lui, le papier s'est toujours fait bonne pâte. Rouleaux grisâtres des quotidiens, tirages géants des affiches, cartons chic des dossiers de presse, vélin précieux des essais : cinq cents ans après son invention, Gutenberg ne pouvait rêver pareille apothéose. Pendant tout le XXe siècle, l'imprimerie s'est déchaînée à son service. Si le cinéma n'est plus aujourd'hui l'aubaine qu'il fut pour les métiers du papier, on reste encore saisi par la pertinence, la piété, l'élégance des commentaires produits sur lui. Comment mieux dire son essence qu'Élie Faure dès ses premiers écrits des années 1920, que Jean Epstein dans son *Esprit de cinéma* en 1955, ou encore Didier Blonde dans *Les fantômes du muet* en 2007 ? Il semblerait bien, d'ailleurs, que plus le cinéma d'hier s'éloigne, plus il convoque les écrivains d'aujourd'hui. Soit qu'on embellisse le passé, soit qu'on s'essaie, encore et toujours, à décrire par les mots cette subjugation qui nous laissa jadis interdits. Pour ne rester qu'en

France, ce grand pays des mots sur le cinéma, comment mieux essaimer sa gloire et dans des supports aussi variés que *Le Parisien libéré, L'Écran français, L'Observateur, Radio Cinéma, Esprit* ou *Les Cahiers,* qu'un André Bazin pourtant mort à quarante ans ? Comment mieux décompter les dettes à son égard que François Truffaut ou Serge Daney, Bertrand Tavernier ou Michel Ciment, Jacques Lourcelles ou Raymond Bellour, Jean-Michel Frodon ou Paul Vecchiali ? De l'intelligence et du discernement à gogo. Du parti pris, aussi. Et des provisions de revanche contre les censures et l'ignorance. Revues savantes ou magazines frivoles, articles vengeurs ou psaumes chrétiens, bouillies sémiotiques ou pamphlets marxistes, flambées publicitaires ou poèmes élégiaques : toute écriture en son honneur se fait calligramme. Car, ici, le sens est toujours tributaire de la forme. Art transitif par excellence, le cinéma accueille tous les truchements. Il bat le pavé pour plaire et s'affiche tant et plus dans la ville. Il suscite et endosse tous les commentaires. Il est l'agent de circulation majeur des idées et des formes, de haut en bas de la société. Si les mots ne sont jamais grand-chose devant son évidence, du moins essaient-ils de la dire avec constance.

Tous les mots de la peinture et des arts graphiques, du théâtre, de la musique, de l'architecture ou de la danse se sont empressés de déposer leur héritage à ses pieds. Tout est permis quand les décors sont aussi des personnages, les acteurs des symphonies et les dialogues des pas chassés.

Nombre de mots de la physique, de la chimie, de l'optique, de la mathématique ont posé ses principes en théorèmes. Et ceux de la philosophie, tout pareil. Depuis l'antique caverne platonicienne qui anticipa son existence, jusqu'à Adorno, Deleuze, Foucault ou Rancière, son théâtre d'ombres est criblé de visées profondes. Tous les mots de la psychanalyse, dont l'histoire est parallèle à la sienne, de l'identification à l'hypnose, du transfert au fantasme, de la projection au miroir, sont venus rajouter à la glose. Et, à ce compte-là, bien des mots du jardinage lui vont très bien aussi : rejet, surgeon, bouture, greffe ou repiquage. Tous rivalisent à dire son hybridité foncière, sa capacité de transplant, l'humus dont il est fait pour créer des espèces nouvelles. Le cinéma est à la fois un potager et une jungle.

Et les mots, sur le papier, n'ont pas été les seuls à dorer son emblème. La photo les a aidés tant et plus : pin-up retouchée au pinceau, cliché inquisiteur pour traquer les vedettes, portrait en studio pour magnifier la star, instantané de tournage pour mythifier la caméra. Sans compter le photogramme, tiré du film, pour illustrer l'article. Pendant plus de cent ans, le papier a tout fait pour glorifier l'écran. Et ce sont des écrans qui le condamnent aujourd'hui. Ingratitude des temps... Les mots, eux, sont restés. En se multipliant sur d'autres supports. Internet a largement ouvert ses portails et le tout-venant s'y est engouffré. Capables de convoyer texte et image sur le même espace, l'ordinateur et le Net ont consigné le cinéma et toutes les locutions qu'il convoque vers une nouvelle asymptote. Par le biais des sites, des blogs, des forums et des réseaux sociaux, tout le monde donne son avis. Le vulgaire y flirte avec le précieux, le mercantile avec le probe. Eh quoi ? Bienvenue au club des nouveaux enthousiastes ! Tout le monde est légitime. Cela dit, que tous les réseaux raisonnent, que tous les moteurs recherchent, la lettre restera à jamais impuissante pour « saisir » le cinéma. Alors que le chiffre, lui, y est parvenu.

« Capture d'images et de sons », dit-on. Et c'est bien d'une capture par dévoration intérieure qu'il s'agit. Entre zéro et un, le calcul numérique a dévoré tout le processus. Le glouton semble illimité. Non seulement il encode tous les films existants, mais tous ceux à venir et tous les moyens d'y accéder. C'est maladif chez lui. Il ne cesse d'agrandir son empire, tout en le compressant. Un seul exemple : hier, sous les ordres du décorateur, les ouvriers du studio construisaient en sifflotant de vastes choses en bois, plâtre ou résine polymère. C'était beau et étrange de passer une « feuille de décor » : d'un côté une morne palissade, de l'autre tous les ors de Versailles... Désormais, les comédiens jouent sur des fonds verts. Et à l'arrivée, on les voit se mouvoir sur Pluton, dans le ventre d'un cétacé ou entre les rayons de la Samaritaine. Le décorateur tente bien de suivre, comme il peut, par-dessus l'épaule des images de synthèse. Mais ses ouvriers, eux, sont partis faire des fromages de chèvre en Lozère. La compression numérique a compressé les personnels. Et là, inutile de pleurer sur les métiers perdus. D'autres sont apparus. Et puis le pixel, plus petit commun dénominateur des « nouvelles images », n'a aucune conscience de classe. Au contraire. Les figurants des péplums arrivaient jadis par milliers aux portes des studios. Ils pullulent aujourd'hui, mais à partir de trois pelés, mis en mémoire dans les machines de *compositing*. Une multiplication des pains qui ne mange pas de pain, mais qui coûte cher quand même. Surtout quand on considère l'obsolescence toujours plus rapide des nouveaux matériels. Comme le proclame toute publicité en ce domaine : « Aujourd'hui, tout se recentre vers la création. » Laquelle, c'est vrai, gagne en facilité et donc en zèle. Le numérique adore en mettre plein la vue. Dans son très beau *Lettre d'Iwo Jima*, Clint Eastwood couvrait littéralement le Pacifique de bâtiments de guerre, jusqu'à l'infini. Au point que jamais aucun navire réel n'aurait pu manœuvrer dans une telle densité navale, tous les amiraux vous le diront. En cela, le *plus* comme ennemi du *vrai* n'a pas fini de questionner l'Histoire.

Les effets spéciaux sont souverains, en revanche, pour anticiper nos effrois. Planètes mystérieuses. Flores géantes en relief. Crustacés aux pinces comme des autobus, dont la bouche en trou du cul suinte d'un fiel mauve. Grâce au numérique, aujourd'hui, nous savons d'emblée que nous verrons tout. Du coup, on lui en veut presque de pouvoir autant et de nous aider si peu. Il nous reste tant à comprendre de nos quotidiens complexes.

Lui reprocherait-on d'en faire trop ? Pas de problème. Papillon redevenant chenille, il sait se faire discret : juste pour nettoyer un ciel ou épaissir une nuit. Le pixel fait tout ce qu'on lui dit. C'est en cela qu'il est pathétique. On le croit capable d'asservir le monde, mais il est serf lui-même. Petit soldat soumis, quoique fort méritant, il prend ses ordres auprès du logiciel qui obéit au commanditaire. Lui est pixel, un point c'est tout.

Ainsi le cinéma, jadis unique, est-il fait aujourd'hui de la même unité de base que le jeu vidéo, le clip musical ou la retransmission de football. D'un seul clic, l'un quelconque de ces produits peut alterner avec l'autre, de la console au téléphone portable, de la salle de quartier au home cinéma. Pour l'heure, le cinéma tire son épingle du jeu en ce qu'il reste « comme avant » : instigateur d'un récit long, d'une esthétique, d'un point de vue qui sait chaque fois nous rendre captifs. En cela, on peut voir toute son avancée depuis ses origines comme la tentative toujours plus grande d'un assujettissement du spectateur : au muet, au parlant, au Technicolor, au grand écran, au multiplexe, au son Dolby, à la carte d'abonnement, aux effets numériques, au 3D, au téléchargement où qu'on aille, via son portable…

L'ancienne vision foraine et marchande reste déterminante pour attirer du monde et générer des profits utiles à l'ensemble du secteur. Une précision, tout de même : le cinéma fait encore partie, dit-on, de la culture. Laquelle est passée du statut d'industrie du divertissement à celui de marché mondial des programmes. L'empire américain est le grand profiteur de l'ensemble. Ourdissant les progrès de la compression, des capacités de stockage ou des débits en réseaux, les petits marquis en baskets de la Silicon Valley ont transformé le monde en consommateur aboulique de services très rentables. Aujourd'hui, le cinéma en est un parmi d'autres, partout disponible et sans autre hiérarchie que publicitaire. En cela, notre vieille Europe n'a même pas perdu la guerre. Elle ne l'a pas livrée. Nos belles-lettres louaient à raison la « diversité culturelle », tandis que le chiffre numérique se muait en chiffre d'affaires US sur toute la planète.

À cette nuance près que la France reste le pays le plus cinéphile du monde, comme nos visiteurs le rappellent chaque année au Festival de Cannes. Lequel festival continue de jouer un rôle considérable dans cette proclamation universelle de curiosité. L'offre, chez nous, est la plus variée en films de toutes provenances. En Italie, en Allemagne, en Grande-Bretagne, partout dans notre vieille Europe, on consomme de l'*entertainment* américain en très grosse majorité. Nettement moins en France, où quelque cinq mille salles de cinéma accueillent un public encore stimulé par son cinéma national et curieux des cinémas étrangers. Il faut y voir le résultat d'une politique assidue qui, sous l'égide du Centre national du cinéma, mutualise une partie des profits vers des investissements concertés avec la profession. En France, sur chaque ticket vendu, un peu plus de 11 % sont préemptés d'office pour nourrir un fonds d'aide aux festivals en régions, aux salles d'art et essai, aux systèmes d'avance sur recette. Les chaînes de télévision sont également contraintes de verser au tronc commun. En dépit de critiques récurrentes, le modèle est plutôt envié alentour quoique peu exportable, semble-t-il. Car notre « exception » est bien une règle. Et il aura fallu toute notre histoire, de Philippe le Bel à André Malraux, de François Ier à Jack Lang, pour concevoir cette ventilation, par administration d'État, des moyens redistribués aux arts.

On peut ne pas être d'accord, trouver le système obsolète, espérer beaucoup mieux des libéralismes alentour. On peut moquer le manque d'envergure internationale de notre cinéma ou la sociologie très « bobo » de nos festivaliers. Il n'empêche. Cette « exception française » mérite, ô combien, d'être citée dans cet éloge. Car force est de constater que, partout ailleurs, c'est moins bien. Et ce n'est pas faire le coq que de le clamer haut et fort. Ce n'est pas non plus entourer la basse-cour de protections frileuses. Se donner les moyens mutualisés de produire de nombreux films nationaux, tout en donnant à voir le plus possible d'œuvres variées de partout, c'est un cycle vertueux qui défend notre identité même. Claude Lévi-Strauss l'avait déjà recommandé en termes plus généraux : « Chaque culture se nourrit de ses échanges avec d'autres cultures. Mais il faut y mettre une certaine résistance. Faute de quoi, rapidement, elle n'aurait plus rien à échanger. »

Quoi que prétendent les publicités, à l'aune du spectateur les suprématies technologiques, d'où qu'elles viennent, ne font pas tout. Les films restent souverains par leur expression même. Et nous restons leurs soumis volontaires, en espérant des merveilles. En clair, le profit personnel qu'on peut tirer d'un film n'a rien à voir avec son budget ou le barouf de sa sortie. *Avatar* de l'Américain James Cameron, le plus gros budget de l'histoire du cinéma, portait haut les fantasmagories de la *motion capture* et des visions en relief, alors que son récit restait quand même très prévisible. Mille fois moins coûteux, *Poetry* du Sud-Coréen Lee Chang-dong montrait la sagesse d'une vieille dame entre un crime et une rime, dans un récit flottant de deux heures et demie mais captivant de bout en bout. Le public de chacun des deux films n'était ni dans la même attente ni dans la même reconnaissance : pour *Avatar* celle d'une attraction, pour *Poetry* celle d'une attention. Le spectateur n'en était pas moins heureux en sortant de la salle, c'est l'essentiel. Au fond, la guerre — pourtant bien réelle — du blockbuster contre le « film d'auteur » n'a lieu qu'en termes de distribution et de box-office. Pas dans l'émotion personnelle. À partir de là, toutes les techniques sont serves. Seul le rêve initial compte. Et sa capacité à nous le faire partager. Qu'il vienne de tous les ordinateurs de Los Angeles ou d'un regard isolé du sud de la Corée. Les forces coruscantes du marché ont beau faire pour imposer le *mainstream*, rien ne dit qu'à terme les microcosmes culturels seront terrassés. En cela, s'il est un pari pascalien tout neuf à produire aujourd'hui, c'est peut-être bien celui des différences du monde comme la preuve même de son unicité.

Les grands films d'aujourd'hui, comme toutes les œuvres d'art depuis toujours, sont une résistance, une protestation et un rempart contre la vulgarité. Qu'ils soient le fruit d'une volonté, d'une inconscience ou d'une boiterie singulière, ils n'ont rien à voir avec la communication. Il faudra toujours se hausser vers eux, parce que c'est leur nature de nous devancer. De nouvelles propositions pourront bien advenir du côté des narrations transmédias. Des démarches participatives et multiplates-formes pourront bien inaugurer de nouveaux modes de récits. La mise en réseau généralisée pourra bien laisser croire au triomphe de l'actif sur le passif et de l'horizontal sur le vertical. Il n'en reste pas moins que l'œuvre, un moment, devra bien être considérée en tant qu'œuvre, collective ou non. C'est-à-dire comme quelque chose qui nous échappe, nous interroge et nous submerge... Mais verra-t-on, un jour, un film sortir en direct d'une cervelle ? Depuis des électrodes fichées dans la matière grise jusqu'au pixel serviteur, on assistera peut-être à la naissance d'images. On entendra peut-être des sons. S'agira-t-il encore de cinéma ?... Jusqu'à présent, la palette n'a pas fait le tableau. Ni l'écriture automatique les chants les plus beaux. De sa mémoire défaillante vers celles des machines connectées, l'humain rêveur a besoin d'une expérience à transmettre. Et ce qui nous émeut réside moins dans le spectacle de la chose que dans le lien entre cette expérience et nous. Ainsi, tous reliés désormais et tous atomisés, nous attendons sans cesse...

Ils et *Elles*, *par expérience…*

Ils et elles étaient nos destins en suspension dans l'air. Un Cary Grant avait été dûment sélectionné en studio pour être élégant sous toutes les coutures, quel que soit l'angle choisi. Un Fred Astaire dansait tout autant avec ses mains qu'avec la totalité de son corps. La seule entrée d'un Gabin densifiait tout l'espace. Un Mitchum existait rien qu'en marchant et un Alain Delon en boutonnant son imper. Une Louise Brooks, une Rita Hayworth, une Marilyn Monroe étaient à elles seules de lumineux paysages. Ce n'est pas pour rien qu'on les appelait des stars : nous les regardions comme on contemplait les étoiles.

Le cinéma d'aujourd'hui réclame à l'acteur une tout autre vibration. Et ce n'est pas le milieu dont il provient ni le cours d'art dramatique dont il se recommande qui font la différence. Ce sont les liens qui l'attachent à nous. Parce que, en lui, on cherche avant tout l'être social. Moins la subjugation. Cela passe toujours par un travail, bien entendu. Mais ce travail n'est pas là où on le croit. Il est le fruit d'une relation juste avec le metteur en scène. Si la complexité de l'humain vient du fait que ses actes sont souvent en contradiction totale avec ses pensées, alors on saura gré à l'acteur de laisser vivre cette contradiction. Et au metteur en scène de savoir la regarder, de se laisser surprendre. C'est une question de confiance. Un Robert De Niro de là-bas chez Martin Scorsese, un Vincent Lindon d'ici chez Philippe Lioret sont, bien que très différents, des exemples d'oscilloscopes ultrasensibles de cette relation à trois, entre l'acteur, la caméra et nous.

Rares sont les commentaires édifiants sur cette relation. Peut-être parce qu'elle est indicible après coup. Il faut pourtant bien essayer de la dire. Parce que l'acteur, quoi qu'on prétende, est plus que jamais au centre du cinéma. Les subterfuges techniques du montage ou du nombre des caméras n'y changent rien. La qualité du pur jeu de l'acteur reste déterminante pour l'émotion. Et elle mérite mieux que le baratin plein d'adjectifs, de box-office et de montants de cachets, dont on l'affuble trop souvent. Au fond, l'acteur c'est tout. C'est lui seul qui se jette à l'eau et c'est lui qui a le plus à perdre dans l'affaire. Cette eau est souvent si trouble que son intention première peut s'y noyer. Ou si limpide qu'elle peut agir sur lui en loupe déformante. Mais l'une ou l'autre de ces tendances n'est pas grave quand la confiance est là... Certains metteurs en scène sont capables de rendre émouvante une chaise, entend-on parfois. Ce n'est pas faux. Et c'est bien la raison pour laquelle l'acteur est infiniment sensible au concret des choses : la tasse dans laquelle il doit boire, la fenêtre éclairée derrière lui, la perruque dont on le coiffe. À partir de là, tout comédien ne rêve que de jouer. Et quelqu'un, si possible, au plus loin de ce qu'il est. « Le vrai problème n'est donc pas de savoir si l'acteur convient au personnage, mais s'il me convient à moi », notait Claude Sautet. Il ne disait pas cela comme une revendication de pouvoir. Mais bien comme un ajustement indispensable et réciproque des confiances. Lesquelles, disons-le, sont parfois un peu brouillées.

Tout un baratin extérieur laisse croire aujourd'hui qu'entre acteur et metteur en scène les choses doivent être extrêmement complexes, chaque intention motivée, décortiquée, intellectualisée. Là, l'inflation du mot « direction d'acteur » fait souvent sourire les comédiens les plus madrés. Il faut peut-être y voir une manière de complexe, inhérent au métier, tout simplement utile à justifier les bons salaires de part et d'autre. Si répondre aux questions les plus concrètes sur cette tasse, cette fenêtre ou cette perruque, est bien la première nécessité, le principal travail du « directeur d'acteur » devrait consister d'abord à savoir se taire. Et laisser son comédien se mouvoir dans le décor, afin qu'il amène de lui-même ses propositions. Évidemment, si l'on veut bien admettre une humilité ouvrière à ce mot, l'expérience reste ici la meilleure conseillère. Sauf que, dans l'accélération générale des modes et des choses, les « carrières » de cinéastes ont tendance à beaucoup se raccourcir. Et, mine de rien, cela donne encore plus de poids et de sagacité à l'acteur. Hormis quelques techniciens, le comédien aujourd'hui se retrouve bien souvent le plus expérimenté du plateau. Il lui faut alors beaucoup d'intelligence et d'abnégation pour ne pas prendre le pouvoir sur le tournage et donner une leçon de conduite à ce tendron de la mise en scène.

Ils ou elles sont donc au centre stratégique des choses. Valeurs monnayables, affichées parfois bien plus gros que le titre, les acteurs désormais doivent non seulement incarner le rôle qu'ils ont choisi, mais aussi s'en aller « jouer à l'acteur », dans les multiples promotions où on les invite. Les Anglo-Saxons le font plutôt de manière affable, comme un travail contractuel, parfois un peu automatique, pour lequel ils ont signé. Les Français le font sous diverses tempérances : du renfrognement hautain à la gourmandise exaltée. Ces dernières années, chez nous, certains l'ont fait avec excès, surtout quand ils venaient du stand-up ou des émissions de divertissement. Ils étaient choisis exprès pour cette double tâche : leur rôle sur grand écran et leur faculté à en dynamiser la promo sur le petit. Au bout d'un moment ils se sont lassés, se sont mis à diriger leurs propres films, avec des bonheurs variables. Ou bien sont redevenus acteurs, en attendant des rôles plus graves. Parce que, au fond, une quête secrète de noblesse est tapie dans le fait de passer du fou au sage. Mais ne voyons ici que le plaisir du jeu et un discret hommage à l'endurance. Car le métier d'acteur reste bien un des plus étranges qui consiste à cumuler sans cesse les expériences, pour se révéler toujours plus innocent à l'arrivée.

COLLECTION FOLIO 2€

Dernières parutions

4671. D. H. Lawrence — *L'épine dans la chair* et autres nouvelles
4672. Luigi Pirandello — *Eau amère* et autres nouvelles
4673. Jules Verne — *Les révoltés de la Bounty* suivi de *Maître Zacharius*
4674. Anne Wiazemsky — *L'île*
4708. Isabelle de Charrière — *Sir Walter Finch et son fils William*
4709. Madame d'Aulnoy — *La Princesse Belle Étoile et le prince Chéri*
4710. Isabelle Eberhardt — *Amours nomades. Nouvelles choisies*
4711. Flora Tristan — *Promenades dans Londres. Extraits*
4737. Joseph Conrad — *Le retour*
4738. Roald Dahl — *Le chien de Claude*
4739. Fiodor Dostoïevski — *La femme d'un autre et le mari sous le lit. Une aventure peu ordinaire*
4740. Ernest Hemingway — *La capitale du monde* suivi de *L'heure triomphale de Francis Macomber*
4741. H. P. Lovecraft — *Celui qui chuchotait dans les ténèbres*
4742. Gérard de Nerval — *Pandora* et autres nouvelles
4743. Juan Carlos Onetti — *À une tombe anonyme*
4744. Robert Louis Stevenson — *La chaussée des Merry Men*
4745. Henry David Thoreau — *«Je vivais seul dans les bois»*
4746. Michel Tournier — *L'aire du muguet* précédé de *La jeune fille et la mort*
4781. Collectif — *Sur le zinc. Au café des écrivains*
4782. Francis Scott Fitzgerald — *L'étrange histoire de Benjamin Button* suivi de *La lie du bonheur*
4783. Lao She — *Le nouvel inspecteur* suivi de *Le croissant de lune*
4784. Guy de Maupassant — *Apparition* et autres contes de l'étrange

4785. D. A. F. de Sade	*Eugénie de Franval. Nouvelle tragique*
4786. Patrick Amine	*Petit éloge de la colère*
4787. Élisabeth Barillé	*Petit éloge du sensible*
4788. Didier Daeninckx	*Petit éloge des faits divers*
4789. Nathalie Kuperman	*Petit éloge de la haine*
4790. Marcel Proust	*La fin de la jalousie* et autres nouvelles
4839. Julian Barnes	*À jamais* et autres nouvelles
4840. John Cheever	*Une Américaine instruite* précédé d'*Adieu, mon frère*
4841. Collectif	*«Que je vous aime, que je t'aime!» Les plus belles déclarations d'amour*
4842. André Gide	*Souvenirs de la cour d'assises*
4843. Jean Giono	*Notes sur l'affaire Dominici* suivi d'*Essai sur le caractère des personnages*
4844. Jean de La Fontaine	*Comment l'esprit vient aux filles* et autres contes libertins
4845. Yukio Mishima	*Papillon* suivi de *La lionne*
4846. John Steinbeck	*Le meurtre* et autres nouvelles
4847. Anton Tchekhov	*Un royaume de femmes* suivi de *De l'amour*
4848. Voltaire	*L'Affaire du chevalier de La Barre* précédé de *L'Affaire Lally*
4875. Marie d'Agoult	*Premières années (1806-1827)*
4876. Madame de Lafayette	*Histoire de la princesse de Montpensier* et autres nouvelles
4877. Madame Riccoboni	*Histoire de M. le marquis de Cressy*
4878. Madame de Sévigné	*«Je vous écris tous les jours...» Premières lettres à sa fille*
4879. Madame de Staël	*Trois nouvelles*
4911. Karen Blixen	*Saison à Copenhague*
4912. Julio Cortázar	*La porte condamnée* et autres nouvelles fantastiques
4913. Mircea Eliade	*Incognito à Buchenwald...* précédé d'*Adieu!...*

4914. Romain Gary — *Les Trésors de la mer Rouge*
4915. Aldous Huxley — *Le jeune Archimède* précédé de *Les Claxton*
4916. Régis Jauffret — *Ce que c'est que l'amour* et autres microfictions
4917. Joseph Kessel — *Une balle perdue*
4918. Lie-tseu — *Sur le destin* et autres textes
4919. Junichirô Tanizaki — *Le pont flottant des songes*
4920. Oscar Wilde — *Le portrait de Mr. W. H.*
4953. Eva Almassy — *Petit éloge des petites filles*
4954. Franz Bartelt — *Petit éloge de la vie de tous les jours*
4955. Roger Caillois — *Noé* et autres textes
4956. Jacques Casanova — *Madame F.* suivi d'*Henriette*
4957. Henry James — *De Grey, histoire romantique*
4958. Patrick Kéchichian — *Petit éloge du catholicisme*
4959. Michel Lermontov — *La princesse Ligovskoï*
4960. Pierre Péju — *L'idiot de Shanghai* et autres nouvelles
4961. Brina Svit — *Petit éloge de la rupture*
4962. John Updike — *Publicité* et autres nouvelles
5010. Anonyme — *Le petit-fils d'Hercule. Un roman libertin*
5011. Marcel Aymé — *La bonne peinture*
5012. Mikhaïl Boulgakov — *J'ai tué* et autres récits
5013. Sir Arthur Conan Doyle — *L'interprète grec* et autres aventures de Sherlock Holmes
5014. Frank Conroy — *Le cas mystérieux de R.* et autres nouvelles
5015. Sir Arthur Conan Doyle — *Une affaire d'identité* et autres aventures de Sherlock Holmes
5016. Cesare Pavese — *Histoire secrète* et autres nouvelles
5017. Graham Swift — *Le sérail* et autres nouvelles
5018. Rabindranath Tagore — *Aux bords du Gange* et autres nouvelles
5019. Émile Zola — *Pour une nuit d'amour* suivi de *L'inondation*

5060. Anonyme — *L'œil du serpent. Contes folkloriques japonais*

5061. Federico García Lorca — *Romancero gitan* suivi de *Chant funèbre pour Ignacio Sanchez Mejias*

5062. Ray Bradbury — *Le meilleur des mondes possibles* et autres nouvelles

5063. Honoré de Balzac — *La Fausse Maîtresse*

5064. Madame Roland — *Enfance*

5065. Jean-Jacques Rousseau — *« En méditant sur les dispositions de mon âme... »* et autres rêveries, suivi de *Mon portrait*

5066. Comtesse de Ségur — *Ourson*

5067. Marguerite de Valois — *Mémoires. Extraits*

5068. Madame de Villeneuve — *La Belle et la Bête*

5069. Louise de Vilmorin — *Sainte-Unefois*

5120. Hans Christian Andersen — *La Vierge des glaces*

5121. Paul Bowles — *L'éducation de Malika*

5122. Collectif — *Au pied du sapin. Contes de Noël*

5123. Vincent Delecroix — *Petit éloge de l'ironie*

5124. Philip K. Dick — *Petit déjeuner au crépuscule* et autres nouvelles

5125. Jean-Baptiste Gendarme — *Petit éloge des voisins*

5126. Bertrand Leclair — *Petit éloge de la paternité*

5127. Alfred de Musset-George Sand — *« Ô mon George, ma belle maîtresse... » Lettres*

5128. Grégoire Polet — *Petit éloge de la gourmandise*

5129. Paul Verlaine — *L'Obsesseur* précédé d'*Histoires comme ça*

5163. Akutagawa Ryûnosuke — *La vie d'un idiot* précédé d'*Engrenage*

5164. Anonyme — *Saga d'Eiríkr le Rouge* suivi de *Saga des Groenlandais*

5165. Antoine Bello — *Go Ganymède !*

5166. Adelbert von Chamisso — *L'étrange histoire de Peter Schlemihl*

5167. Collectif — *L'art du baiser. Les plus beaux baisers de la littérature*

5168. Guy Goffette — *Les derniers planteurs de fumée*
5169. H. P. Lovecraft — *L'horreur de Dunwich*
5170. Léon Tolstoï — *Le diable*
5184. Alexandre Dumas — *La main droite du sire de Giac* et autres nouvelles
5185. Edith Wharton — *Le miroir* suivi de *Miss Mary Pask*
5231. Théophile Gautier — *La cafetière* et autres contes fantastiques
5232. Claire Messud — *Les Chasseurs*
5233. Dave Eggers — *Du haut de la montagne, une longue descente*
5234. Gustave Flaubert — *Un parfum à sentir ou Les Baladins* suivi de *Passion et vertu*
5235. Carlos Fuentes — *En bonne compagnie* suivi de *La chatte de ma mère*
5236. Ernest Hemingway — *Une drôle de traversée*
5237. Alona Kimhi — *Journal de Berlin*
5238. Lucrèce — *« L'esprit et l'âme se tiennent étroitement unis ». Livre III de « De la nature »*
5239. Kenzaburô Ôé — *Seventeen*
5240. P. G. Wodehouse — *Une partie mixte à trois* et autres nouvelles du green
5290. Jean-Jacques Bernard — *Petit éloge du cinéma d'aujourd'hui*
5291. Jean-Michel Delacomptée — *Petit éloge des amoureux du Silence*
5292. Mathieu Térence — *Petit éloge de la joie*
5293. Vincent Wackenheim — *Petit éloge de la première fois*
5294. Richard Bausch — *Téléphone rose et autres nouvelles*
5295. Collectif — *Ne nous fâchons pas ! ou L'art de se disputer au théâtre*
5296. Robin Robertson — *Fiasco ! Des écrivains en scène*
5297. Miguel de Unamuno — *Des yeux pour voir* et autres contes
5298. Jules Verne — *Une fantaisie du Docteur Ox*
5299. Robert Charles Wilson — *YFL-500* suivi du *Mariage de la dryade*
5347. Honoré de Balzac — *Philosophie de la vie conjugale*
5348. Thomas De Quincey — *Le bras de la vengeance*

5349. Charles Dickens	*L'embranchement de Mugby*
5350. Épictète	*De l'attitude à prendre envers les tyrans*
5351. Marcus Malte	*Mon frère est parti ce matin...*
5352. Vladimir Nabokov	*Natacha* et autres nouvelles
5353. Arthur Conan Doyle	*Un scandale en Bohême* suivi de *Silver Blaze. Deux aventures de Sherlock Holmes*
5354. Jean Rouaud	*Préhistoires*
5355. Mario Soldati	*Le père des orphelins*
5356. Oscar Wilde	*Maximes* et autres textes
5415. Franz Bartelt	*Une sainte fille* et autres nouvelles
5416. Mikhaïl Boulgakov	*Morphine*
5417. Guillermo Cabrera Infante	*Coupable d'avoir dansé le cha-cha-cha*
5418. Collectif	*Jouons avec les mots. Jeux littéraires*
5419. Guy de Maupassant	*Contes au fil de l'eau*
5420. Thomas Hardy	*Les intrus de la Maison Haute* précédé d'un autre conte du Wessex
5421. Mohamed Kacimi	*La confession d'Abraham*
5422. Orhan Pamuk	*Mon père* et autres textes
5423. Jonathan Swift	*Modeste proposition* et autres textes
5424. Sylvain Tesson	*L'éternel retour*
5462. Lewis Carroll	*Misch-Masch* et autres textes de jeunesse
5463. Collectif	*Un voyage érotique. Invitations à l'amour dans la littérature du monde entier*
5464. François de La Rochefoucauld	*Maximes* suivi de *Portrait de La Rochefoucauld par lui-même*
5465. William Faulkner	*Coucher de soleil* et autres Croquis de La Nouvelle-Orléans
5466. Jack Kerouac	*Sur les origines d'une génération* suivi de *Le dernier mot*
5467. Liu Xinwu	*La Cendrillon du canal* suivi de *Poisson à face humaine*
5468. Patrick Pécherot	*Petit éloge des coins de rue*
5469. George Sand	*La château de Pictordu*

5470. Montaigne — *De l'oisiveté* et autres Essais en français moderne

5471. Martin Winckler — *Petit éloge des séries télé*

5523. E.M. Cioran — *Pensées étranglées* précédé du *Mauvais démiurge*

5524. Dôgen — *Corps et esprit. La Voie du zen*

5525. Maître Eckhart — *L'amour est fort comme la mort* et autres textes

5526. Jacques Ellul — « *Je suis sincère avec moi-même* » et autres lieux communs

5527. Liu An — *Du monde des hommes. De l'art de vivre parmi ses semblables*

5528. Sénèque — *De la providence* suivi de *Lettres à Lucilius (lettres 71 à 74)*

5529. Saâdi — *Le Jardin des Fruits. Histoires édifiantes et spirituelles*

5530. Tchouang-tseu — *Joie suprême* et autres textes

5531. Jacques De Voragine — *La Légende dorée. Vie et mort des saintes illustres*

5532. Grimm — *Hänsel et Gretel* et autres contes

5589. Saint Augustin — *L'Aventure de l'esprit* et autres Confessions

5590. Anonyme — *Le brahmane et le pot de farine. Contes édifiants du* Pañcatantra

5591. Simone Weil — *Pensées sans ordre concernant l'amour de Dieu* et autres textes

5592. Xun zi — *Traité sur le Ciel* et autres textes

5606. Collectif — *Un oui pour la vie ?* Littérature et mariage

5607. Éric Fottorino — *Petit éloge du Tour de France*

5608. E. T. A. Hoffmann — *Ignace Denner*

5609. Frédéric Martinez — *Petit éloge des vacances*

5610. Sylvia Plath — *Dimanche chez les Minton* et autres nouvelles

5611. Lucien — « *Sur des aventures que je n'ai pas eues* ». Histoire véritable

Composition IGS-CP
Impression Novoprint
à Barcelone, le 8 avril 2013
Dépôt légal : avril 2013
1er dépôt légal dans la collection : août 2011

ISBN 978-2-07-044000-9./Imprimé en Espagne.

253659